권인호 신무협 장편소설 ORIENTAL FANTASYSTORY & ADVENTURE

천하제일 쟁자수

7

dream
books
드림북스

천하제일 쟁자수 7

초판 1쇄 인쇄 2016년 1월 21일
초판 1쇄 발행 2016년 2월 1일

지은이 권인호
발행인 오영배
책임편집 편집부

펴낸곳 (주)삼양출판사 · 드림북스
주소 서울시 강북구 도봉로 173
대표 전화 02-980-2112 **팩스** 02-983-0660
출판등록 1999년 3월 11일 제9-00046호

© 권인호, 2015

ISBN 979-11-313-0469-3 (04810) / 979-11-313-0246-0 (세트)

드림북스는 (주)삼양출판사의 판타지 · 무협 문학 브랜드입니다.

권인호 신무협 장편소설

천하제일 쟁자수

ORIENTAL FANTASY STORY & ADVENTURE

7

dream
books
드림북스

목차

천하제일 쟁자수

第一章

좀 푼수인가?

'쟁천표국이 감숙성으로 향했다!'

산서에서 전해진 소식에 사람들은 환호했다. 그리고 안도했다.

역시 쟁천표국밖에 없다며 걷는 걸음마다 가는 길목마다 응원이 이어졌다.

사실 그러한 응원 인파야 표행을 하며 늘 겪어 왔다. 하지만 지금까지와 판이하게 다른 것은 그 응원 인파에게서 느껴지는 절박함이었다.

당연한 일이다.

그들은 강시가 감숙을 벗어나 섬서를 넘으면 그 직접적

인 피해를 입을 당사자들인 것이다.

여느 표행 때와 다른 것은 쟁천표국의 표사들도 마찬가지였다.

지금 그들이 잡으러 가는 강시는 지금껏 상대해 보지 못한 미지의 존재였다.

몇 배는 더 강하고, 몇 배는 더 무섭다.

어쩔 수 없는 불안과 긴장이 여느 때와는 사뭇 다른 분위기를 연출하고 있었다.

여유도 없고 활기도 없다.

딱딱하게 굳은 얼굴에는 옅은 공포마저 드리워 있다.

그런 표사들을 보며 루하가 혀를 끌끌 찼다.

"나 참, 까짓 강시 우리가 해치워 버리자느니, 난세의 영웅 한번 되어 보자느니, 그 호기롭던 모습들은 다 어디다 내팽개쳐 두고 도살장 끌려가는 돼지 새끼 꼬라지들이세요?"

루하의 말에 표사 진청이 볼멘소리를 했다.

"그러게 군웅일왕채 얘기는 왜 하셔 가지고서는 겁을 주냔 말입니다."

"그거야 당신네들이 제대로 사태 파악 못 하고 개념 없이 구니까 그렇죠. 바짝 긴장하고 준비를 단단히 해도 모자랄 판국에 사람들이 다시 좀 떠받들어 주니까 마냥 헤벌쭉해 가지고 말이지."

아닌 게 아니라 처음에는 다들 각오가 상당했다.

녹림도 출신 주제에 어울리지 않게도 그 한목숨 세상을 위해 초개와 같이 버릴 각오까지 하지 않았던가. 하지만 감숙으로의 여정이 시작되고, 가는 곳곳마다 환영에 환대에, 심지어 잔칫상까지 차려 놓고 그들을 맞아 준 마을도 있었다.

그러다 보니 표사들의 마음에 점점 허세가 들어차고, 그런 만큼 처음의 각오는 흐려져 어느 순간부터는 이게 목숨을 걸고 나선 진압대인지 그냥 평소의 표행단인지 구별이 안 될 지경에까지 이르렀다.

결국 보다 못한 루하가 천중산에서 있었던 군웅일왕채의 최후를 말해 줬다.

여자 강시의 그 압도적인 강함 앞에 군웅일왕채가 얼마나 무기력하게 몰살을 당했는지, 그때의 그 소름끼치던 공포가 어떠했는지, 그 앞에 살아있는 자의 목숨이 얼마나 하찮고 가벼운 것이었는지, 모르긴 몰라도 감숙성에서 혈겁을 일으키고 있는 폭주 강시 또한 그때의 여자 강시와 크게 다르지 않을 거라는 것까지.

경각심을 일깨우는 데에는 확실히 효과가 있었다.

다만 경각심이 너무 지나쳐 저렇게 벼랑 끝에 선 얼굴들이 된 것이었다.

"이건 뭐 도살장에 끌려가는 소, 돼지도 아니고, 그렇게 정 내키지 않으면 지금이라도 표국으로 돌아가든가요."

"모양 빠지게 어떻게 그럽니까? 강시 잡으러 간다고 그렇게 떠들썩하게 떠나왔는데."

하긴, 여기까지 오는 동안 사람들의 응원에 한껏 기고만장해져서는 강시 그까짓 거 한주먹거리도 안 된다며 사방팔방 떠들어 댔으니 이제 와 발을 빼는 건 정말 얼굴 팔리는 일이긴 했다.

그렇다고 해도 그들의 긴장과 불안이 썩 나쁘지는 않았다.

'최소한 같잖은 영웅심에 겁 없이 날뛰다 뒈지는 일은 없을 테니까.'

어쩌면 강시가 생각보다도 훨씬 더 강해서 진압에 실패할지 모른다. 그래서 그와 표사들 모두가 이번 여정 길에 불귀의 객이 될 수도 있다. 그만한 각오는 하고 있다.

하지만 만일 강시를 잡을 수 있다면, 그들의 힘으로 충분히 잡을 수 있는 놈이라면,

'단 한 명의 표사도 죽게 하지 않는 것이다!'

그것이 이번 여정을 시작하며 루하가 세운 목표였다.

*   *   *

"뭐라구요? 화청지(華淸池)의 홍화루(紅花樓)에 묵을 방

을 마련했다고요?"

해가 저물 무렵, 루하와 표사들이 섬서 서안에 막 들어섰을 때였다.

이덕량이란 사내가 그들을 맞으며 화청지의 홍화루에 방을 마련했다는 것이었다.

이런 환대와 접대야 들르는 마을마다 으레 있어 왔던 일이지만, 이번만큼은 이전과는 여러모로 다른 느낌이었다.

그도 그럴 것이, 이 이덕량이란 사내는 지금까지 루하가 만났던 마을의 촌장이나 현령과는 완전히 다른 부류의 인물이었던 것이다.

승선포정사사(丞宣布政使司) 직속 이(吏), 호(戶), 예(禮), 병(兵), 형(刑), 공(工) 육조를 관장하는 섬서성 육조의 부수장 좌참의(左參議) 이덕량(李德亮).

서른이나 되었을까 싶은 나이에 무려 종사품이라는 고위 관직에 있는 자였다. 그런 자가 그 귀하신 몸을 이끌고 마중을 나온 것이었다. 더 황당한 것은 편히 묵을 곳을 마련했다며 이덕량이 안내하고 있는 이 화청지라는 곳이었다.

화청지는 황제의 행궁 별장이 있는 온천으로 아무나 쉽게 발을 디딜 수 있는 곳이 아닐뿐더러, 거기에 세워진 홍화루 또한 황실의 혈족이나 조정의 고관대작이 아니고서는 아예 출입이 불가한 곳으로 알려져 있었다.

'아무리 세상을 구하고자 과감히 떨치고 일어섰다고 해도 이건 좀 너무 과한 대접인데…….'

그래 봤자 일개 표국에 불과한 그들인데 말이다.

하지만 '뭐 어때?' 싶었다.

어딘지 께름칙한 기분이 드는 것은 사실이지만, 종사품의 벼슬자리에 있는 자였다. 그리고 세상 모든 이목이 지금 쟁천표국의 강시 진압대를 향하고 있었다.

'이런 상황에서 설마하니 허튼수작을 부리겠어?'

백번을 생각해도 이건 사양할 일이 아니었다.

평생 한 번 받아 볼 수 있을까 싶은 대접이고 호사인데, 지금이 아니면 또 언제 누리겠냐 싶기도 했다.

그리해 순순히 이덕량의 안내를 따라 홍화루에 도착했다.

듣던 대로 고급스럽다.

일단 규모에서부터 압도되는 데다가 지붕, 처마, 기둥, 벽재, 심지어 아무렇게나 굴러다니는 돌멩이마저 장인의 솜씨가 느껴질 정도로 고풍스러웠다.

'돈을 엔간히도 처바르셨구만.'

홍화루 안으로 들어서자 대기하고 있던 시종들이 표사들을 이 층의 객실로 모셨다. 하지만 루하만큼은 여전히 이덕량이 안내를 했고 그리해 도착한 곳은 표사들과는 달리 삼

층의 객실이었다.

"여기 이 방입니다."

문에 '백화(白花)'라는 글이 새겨진 방이었다.

문을 열고 안으로 들어간 루하는 순간 저도 모르게 입을 쩍 벌렸다.

커도 너무 컸다.

건물 자체의 규모가 어마어마했는데도 불구하고 과연 이 방이 건물 안에 다 들어갈 수 있나 싶을 정도로 컸다.

게다가 그 안에 꾸며진 것들은 또 얼마나 대단한지, 인세에 무릉도원이 있다면 이러할까 싶을 정도로 호화스럽고 휘황찬란하기 그지없었다.

"여기가 내 방이라구요? 나 혼자 이 큰 방을 쓰라구요?"

"적적하시면 기녀라도 불러 드리오리까?"

자신의 말을 그런 식으로 해석할 줄은 몰랐던 루하가 급히 손사래를 쳤다.

"됐거든요? 무림일화(武林一花)라고 못 들어 봤어요? 세상에서 제일 예쁜 여자를 두고 기녀 따위가 눈에 들어올 리가 없잖아요."

"허나…… 모름지기 사내란 천하절색의 미녀보다 낯선 여자, 남의 여자가 더 끌리는 법이 아닙니까?"

이 아저씨가 지금 뭐라는 건지 모르겠다.

지금 이 자리에도 안 맞고 종사품 벼슬에도 어울리지 않는 농담이다. 아니, 저 사뭇 진지한 얼굴을 보자면 농담이긴 한 건가 싶다.

심지어,

"우리 집 여편네도 말입니다, 소싯적엔 사내 꽤나 따르던 절세가인이었더랬지요. 눈이 높아서 나이 서른이 넘도록 장가도 안 간 제가 첫눈에 반해서 석 달 열흘을 쫓아다녔으니 그 미모야 더 말해 뭣하겠습니까? 허나, 그러면 뭐합니까? 혼례를 치르고 이제 완전히 내 것이다 싶으니까 마음이 흑룡강 얼음물에 담갔다 나온 것처럼 차갑게 식어 버리는 것을. 그러다 보니 다른 여자한테 절로 눈길이 가더라 이 말이지요. 기녀면 차라리 양호하지요. 개울가 빨래터 아낙네의 속살만 봐도 음심이 동하는데…… 솔직히 호랑이 같은 장인만 아니었다면 내 벌써 삼처사첩은 기본으로 깔고 갔을 것입니다. 에휴, 이래서 처갓집 지붕이 높은 곳으로는 장가가지 말라는 건데……."

갑자기 신세 한탄까지 늘어놓기 시작한다.

'좀…… 푼수인가?'

역시 눈앞의 벼슬아치도 결국 이 시대의 흔하디흔한 매관매직의 증거인가 싶다.

'하긴, 본전 생각에 눈 벌게져서 백성들 등골 빨아먹는

탐관오리보다야 차라리 이런 푼수가 낫지.'

물론 이런 푼수라고 탐관오리가 아니란 법은 없지만 말이다.

그나저나…….

"저건 뭐죠?"

그 호사스러운 방을 한 바퀴 둘러보던 루하가 문득 의아해져서 물었다.

루하의 눈이 향하는 곳은 반대편으로 나 있는 문이었다.

활짝 열린 문 건너편으로 신기하게도 다리가 놓여 있었는데, 얼핏 보기에 뒷산으로 통해 있는 듯한 느낌이었다.

"아, 온천입니다."

"온천요?"

"여기 홍화루는 성에서 직접 관리하는 곳입니다. 당연히 아무나 받지 않는 곳이고, 특히나 이곳 삼 층의 귀빈실은 황족이나 외국의 중요한 사신들만이 묵는 곳입니다. 해서 그분들이 편히, 그리고 안전하게 온천을 즐기실 수 있도록 여기 삼 층 귀빈실 손님들만을 위해 따로 온천을 마련해 둔 것이지요."

"그러니까 저 다리를 건너가면 귀빈 전용의 온천이 나온다?"

"예."

듣고 보니 더 이해가 안 된다.

"여길 정말 제가 써도 되는 겁니까? 황족이나 외국의 중요한 사신들만 묵는 곳이라면서요?"

"물론입니다. 그러니까 이리로 모신 것이 아니겠습니까?"

"그러니까 왜요? 제가 아무리 큰일을 하러 가는 길이라지만, 이건 접대가 너무 지나치잖아요."

"저는 그저 윗분이 시켜서 하는 일인지라…… 아닌 게 아니라, 저도 이게 다 무슨 일인가 싶습니다. 이거 원 당나라 부대도 아니고, 명색이 제가 육조의 부수장인 종사품 참의인데 그런 저더러 온천 접객이나 하라고 하니…… 나라에서 벼슬을 나누는 이유가 뭐겠습니까? 다 직급에 맞는 일을 하라는 것이 아니겠습니까? 그렇잖아도 강시가 넘어올 때를 대비하자면 할 일이 태산처럼 많은데, 인력 낭비도 이런 인력 낭비가 없다는 말이지요."

신세 한탄에 이어 이젠 푸념이다.

접객을 하는 당사자 앞에서 굳이 해서 좋을 것이 없는 말을 주절주절 나불댄다.

그걸 보자니 정말이지 이놈의 나라에선 벼슬하기 참 쉽다는 생각이 든다. 그런 한편으로 그가 말한 윗분이란 것이 누구를 가리키는 것인지 새삼 궁금하기도 했다.

종사품 참의가 윗분이라고 할 만한 사람은 섬서성 안에

서는 손가락에 꼽힌다.

기껏해야 직속상관인 좌우참정과 실질적인 성의 주인이라 할 수 있는 좌우포정사 정도.

'음…… 포정사가 직접 날 신경 써 주는 건가?'

하긴, 포정사 입장에서 보면 귀빈은 귀빈이다.

강시가 만일 섬서성을 넘으면, 그리해 섬서도 감숙의 전철을 밟아 폐허가 되어 버린다면 이유 여하를 막론하고 그 책임에서 자유로울 수가 없다. 분명 중한 벌을 피할 수 없을 터, 그러니 쟁천표국의 진압대는 포정사에게도 어쩔 수 없이 믿고 의지해야 할 구원 줄인 것이다.

'하긴, 그 자리에 오르려고 퍼부은 돈이 어마어마할 텐데, 어렵게 구한 자리가 본전도 뽑기 전에 하루아침에 홀라당 날아가 버리게 생겼으니 똥줄이 탈 만도 하겠지.'

과도한 호의에 대해 그렇게 결론을 내리고 나니 그제야 어느 정도 마음의 찝찝함이 가신다. 그리해 그때까지도 이어지고 있던 이덕량의 푸념을 잘라 내며 확인차 물었다.

"아무튼지 간에 오늘은 여기서 푹 쉬기만 하면 된다는 거죠? 온천도 마음대로 즐기면 되고?"

"예. 달리 필요한 것이 있으시면 기탄없이 말씀을 하십시오. 나중에라도 적적하시면 기녀도……."

"그놈의 기녀는! 됐어요!"

"그래도 이곳 홍화루의 기녀들이 워낙에 절색입니다. 그런 절세미녀들을 공짜로 품을 수 있는 기회인데 어찌 그걸 마다하십니까? 모름지기 아랫도리가 온전한 사내라면……."

"지금 제 아랫도리가 온전하지 않다는 겁니까?"

"제가 정말 안타까워서 그럽니다. 나중에 두고두고 후회할 게 뻔하니까요. 에효…… 책 속에 만금의 황금이 있고 천 명의 미녀가 있다길래 밤낮없이 책을 팠는데, 만금의 황금은 어디에 있고 그 많은 미녀는 다 어디로 간 건지……. 이럴 줄 알았으면 책이 아니라 칼을 드는 건데 말입니다. 그랬으면 공짜로 온천에 미녀에, 누군 지척에 두고도 누리지 못하는 것을 누군 그냥 준대도 마다하고 있으니…… 세상 참 너무 불공평하지 않습니까?"

'그러니까 당사자를 앞에 두고 그런 푸념 좀 늘어놓지 말라고!'

벼슬은 하늘처럼 높은 양반이, 말하는 본새는 어느 기루의 점소이나 다름없다. 게다가 밤낮없이 책을 파다니?

'퍽이나 책을 팠겠다. 딱 보니 글이나 제대로 뗐을까 싶구만, 무슨.'

지나가던 개가 웃을 노릇이다.

이젠 이덕량의 푸념을 듣고만 있어도 머리가 아파 온다.

왠지 맥도 빠지고 축축 처지는 기분마저 들었다.

그래서 서둘러 이덕량을 내보낸 루하는 그제야 자신에게 주어진 호사를 제대로 감상했다.

봐도 봐도 입이 떡 벌어진다.

세상에 존재하는 사치란 사치는 죄다 가져다 놓은 것 같은 방이었다. 그런데도 별다른 거부감이 들지 않는 것은, 오히려 방 안을 가득 채우고 있는 사치가 원래부터 있어야 할 곳에 있는 것처럼 지극히 당연하고 자연스러워 보이기 때문일 것이다.

"이럴 줄 알았으면 그 녀석도 데려올 걸 그랬나?"

문득 설란에게 생각이 미친다.

혼자 누리기엔 너무 아까운 호사다.

그녀와 같이 왔다면 지금의 호사가 훨씬 더 즐겁고 유쾌했을 텐데 말이다.

오고 싶다고 마음대로 올 수 있는 곳이 아니기에 더 아쉬워서 입맛을 다시던 것도 잠시, 루하가 이내 귀빈실 전용 온천으로 향하는 다리로 눈길을 던졌다.

화청지라 하면 역시 뭐니 뭐니 해도 온천이 아니던가.

역대 제왕들이 행궁을 지어 온천을 즐겼던 곳.

그리고 양귀비와 현종이 사랑을 나누었던 곳으로도 유명한 곳.

"그래. 여기까지 와서 물에 몸 한 번 안 담그고 가는 건 화청지에 대한 예의가 아니지."

그 즉시 훌렁훌렁 옷을 벗었다.

바로 물에 들어가도 상관없을 정도로 간단한 차림을 하고는 콧노래까지 흥얼거리며 다리를 건넜다.

꽤나 멀었다.

하늘 위에 놓인 다리건만 이걸 어떻게 놓았을까 싶을 정도로 길게 이어져 있었는데, 대략 잡아도 삼백 장 거리는 될 듯했다.

그리고 그 길의 끝, 안개 자욱하고 고즈넉한 산허리에 은은한 유황 냄새를 풍기며 모락모락 신비로운 입김을 토해내는 아담하면서도 정갈한 노천탕이 있었다.

그런데 그 노천탕에는 그보다 먼저 자리를 잡고 있는 사람이 있었다.

물수건으로 얼굴의 절반을 가린 채 노천탕 돌벽에 양팔을 떡하니 걸치고 구수한 콧노래마저 흥얼거린다.

問爾何事棲碧山(문이하사서벽산)
그대에게 묻노니 왜 푸른 산에서 사나
笑而不答心自閑(소이부답심자한)
말없이 웃을 뿐 내 마음 절로 한가롭네

桃花流水杳然去(도화유수묘연거)
복숭아꽃 물을 따라 아득히 흘러가니
別有天地非人間(별유천지비인간)
별천지 따로 있나 여기가 그곳인 것을.

무슨 노랫가락인지는 모르겠지만 팔자 한번 늘어진다.

'세상이 온통 강시 때문에 난리 통인데…….'

바로 옆 성에서는 끔찍한 혈풍이 몰아치고 있는데, 어찌나 유유자적한지 마치 여기만 다른 세상인 것 같다.

그것만 보아도 상대의 신분이 보통이 아님을 알 수 있었다.

흔히 그런 말도 있지 않은가.

모름지기 백성의 통곡 소리가 크면 클수록 벼슬아치의 곳간엔 쌀이 넘쳐난다고.

'그러니 귀족님네들 귀에야 세상의 통곡 소리가 노랫가락처럼 들릴 만도 하겠지.'

기분이 나빠졌다.

온천을 즐겨 보겠다는 마음도 싹 가셔서 걸음을 돌리려는데,

"여기까지 왔으면서 물에 발도 안 담그고 그냥 가려는가?"

팔자 좋게 노랫가락을 읊어 대던 사내가 불쑥 그렇게 말을 건네 왔다.

움찔하며 고개를 돌려보니 사내가 마침 얼굴을 가리고 있던 수건을 내리며 루하를 본다.

"……."

나이는 대략 오십 대 중후반, 수염은 정갈하고 입가에 머금은 미소에선 여유가 넘친다. 확실히 좋은 핏줄로 태어나서 그런지 생김부터가 딱 봐도 귀해 보인다.

게다가 저 눈빛…… 담담히 건네 오는 눈빛에 루하는 커다란 바위가 가슴을 짓눌러 오는 듯한 느낌을 받았다.

그가 머릿속으로 그렸던, 그저 그렇고 그런 귀족님이 아니다.

단지 신분의 높낮음이 아니라 진실로 많은 것을 가진 자만이 보일 수 있는 그러한 눈빛을 하고 있었다.

"내 장담하는데 이대로 그냥 돌아가면 자네, 아주 크게 후회를 할 것이네."

"제가 후회를 할 거라고요?"

"해상탕(海常湯)이란 이름은 들어 봤겠지?"

"해상탕이요? 아, 양귀비가 목욕을 했다는……."

"그래. 바로 여기가 해상탕이지. 모름지기 사내로 태어난 자라면 양귀비가 알몸을 담갔던 곳을 어찌 그냥 지나칠 수가 있겠는가? 아니 그런가?"

"……."

뭔가 좀 저속하기는 한데 부정은 못 하겠다.

이곳이 해상탕이란 것을 알고 나니 연기가 피어오르는 탕 안으로 질로 눈길이 간다. 하지만 그건 잠깐이다. 지금 그가 정말로 신경이 쓰이는 것은 이 정체 모를 사내였다.

자신을 향하는 담담하면서도 어딘지 의미심장한 눈빛이나, 시종일관 입가에 걸치고 있는 여유로우면서도 또한 어딘지 짓궂은 미소를 보자니 불현듯 어쩌면 이것이 우연한 만남이 아닐지도 모른다는 생각이 들었다.

"혹시…… 저를 이곳으로 데려오라 한 것이 어르신이십니까?"

아나나 다를까, 사내가 유쾌한 표정이 되어 고개를 끄덕인다.

"그렇지. 자네를 이곳까지 데려온 것이 내 첫째 사위라네."

이덕량이 말한 호랑이 같은 장인이 바로 이 사내인 모양이었다.

루하가 새삼스러운 눈으로 사내를 살핀다.

그러다 물었다.

"어르신은 뉘십니까?"

"나 주세양(朱洗梁)이네."

'주세양?'

왠지 귀에 익다.

'어디서 들어 봤더라……?'

"사람들은 흔히 나를 진천왕야라고 부르지."

순간, 루하의 눈이 더할 수 없이 크게 부릅떠졌다.

진천왕 주세양.

당금 황제의 숙부이자 황실 최고 권력자.

현천상단의 표행으로 간접적으로나마 루하와도 몇 차례 얽힌 적이 있다.

"한데, 계속 그러고 서 있을 텐가?"

주세양의 말에 그제야 놀란 정신을 수습한 루하가 급히 그 자리에 부복했다.

"소인 쟁천표국의 정루하가 왕야를 뵙습……."

"아아, 그런 예의나 받자고 한 말이 아니네. 탕에 들어오지 않고 계속 그러고 있을 거냐는 말이네."

"……."

이곳에서 팔자 좋게 노랫가락이나 읊조릴 때부터 황족일 것이라 짐작은 했다. 하지만 이 나라에는 황족만 해도 수천 명이다. 그중 구 할은 이름뿐인 황족이고 남은 일 할 중에서도 다시 구 할은 허세뿐인 황족이다.

이 사내도 당연히 그런 부류인 줄 알았다.

그런데 제대로 권력의 맛을 보고 있는 극소수의 황족 중에서도 일인지하 만인지상의 절대 권력을 거머쥔 진천왕이라고 하니 당황스러운 거야 당연했다.

이 상황을 어찌해야 할지 난감하고 혼란스럽다. 그래서 잠시 어정쩡히 서 있던 루하였지만 그도 잠시, 이름값으로는 자신도 꿀릴 게 없다는 생각을 하고는 당당히 탕 안으로 들어갔다.

'그래! 이젠 진천왕이 아니라 황제 앞이라고 해도 주눅들 급은 아니잖아.'

그렇게 양귀비가 목욕을 했다는 해상탕에서 주세양과 마주하고 앉았지만, 역시 익숙하지 않은 부류와의 동석은 불편하고 어색했다. 또한 지금의 이 불편한 상황이 여전히 믿기질 않는다.

"내가 왜 여기에 있는 건지 그 이유가 궁금하겠군."

"그것도 그렇지만 진짜 궁금한 건 따로 있는데요?"

"진짜 궁금한 것?"

"왕야 정도 되는 분이시라면 사람을 함부로 곁에 두지 않으실 것 아닙니까? 사람을 함부로 쓰지도 않을 것이구요."

"그렇지."

"근데 아까 그 좌참의라는 분이 첫째 사위라면서요?"

"그래서?"

"그러니까 이상하죠."

순간, 루하의 말뜻을 알아차린 주세양이 '푸핫!' 웃음을 터트렸다.

"그러니까 자네 말은, 사람을 함부로 쓰지 않는다면서 왜 그런 모자란 인사를 곁에 둔 것인지 이해가 안 된다는 말인가?"

"뭐, 요즘 세상에 사람보다는 가문이고 능력보다는 배경이라지만 그래도 그분은 좀……."

"그렇지, 그래. 사람이 좀 모자라 보이긴 하지. 사실 가문도 별 볼 일 없다네. 소작농으로 연명하는 비루한 몰락 가문에서 태어난 자니까. 삼대 구족을 통틀어 제대로 벼슬한 자리 한 자가 없을 정도니 배경이랄 것도 없지."

"예?"

그건 좀 의외였다.

사람이 모자라 보이는 만큼 가문이나 배경은 대단할 거라 생각했다. 그렇지 않고서야 지금처럼 미쳐 돌아가는 세상에서 그 나이에 참의 자리에 올랐을 리가 없는 것이다. 그러한 생각은 진천왕의 사위라는 것을 알게 되고는 더 굳어졌다. 한데, 예상과는 달리 가문도 배경도 별 볼 일 없는 자라니?

'그럼 대체 무슨 수로 그 자리에 오른 거야?'

그 답은 주세양에게서 바로 나왔다.

"사람이 좀 가볍고 더러 푼수처럼 보이긴 하나, 그래도 지닌 학식만큼은 능히 이 나라 제일이라 할 수 있는 아이거든."

"……."

"실제로 문제 유출에 대리 시험이 난무하고, 심지어 답 안마저 바꿔치는 것이 성행하는 작금의 과거 시험에서 오직 실력 하나로 장원의 자리를 따낸 아이니까 말이네. 그것도 이미 장원이 내정되어 있던 조정 대신의 자제를 밀어내고 말이야. 돈을 받은 시험관들조차 장원을 아니 줄 수가 없게 만들 정도로 문장 하나하나 구절 하나하나, 그리고 세상을 보는 깊고 날카로운 통찰력이 워낙에 압도적이었던 게지."

조금 전 자신이 보았던 이덕량이랑 지금 주세양이 말하고 있는 인물이랑 과연 같은 사람을 두고 하는 말이 맞기나 한 건지 의심스럽다.

한 사람을 두고 견해의 차이가 커도 너무 컸다.

'기녀 타령에 황금이니 미녀니 푸념이나 늘어놓던 인간이 대체 어딜 봐서 그런 높은 학식을 지녔다는 거야?'

아니, 이덕량의 실력을 못 믿겠다는 것이 아니라 이 주세양이란 인물 자체를 못 믿겠다.

탁 까놓고 말해서 이 시대 모든 벼슬아치들이 탐관오리들이라 해도 과언이 아닌 만큼, 그 권력의 정점에 있는 주세양은 가장 큰 탐관오리가 아니겠는가.

아닌 게 아니라 그의 이야기를 듣다 보니 슬금슬금 짜증도 치민다.

"애초에…… 과거 시험이 그따위로 운영되고 있다는 걸 알면서 왜 그걸 바로잡지 않는 겁니까? 왕야께선 그걸 바로잡을 수 있는 힘이 있지 않습니까?"

루하의 물음에는 날이 서 있었다.

그것은 단지 과거 시험만을 말하는 것이 아니었다. 이 나라를 엉망으로 만들어 놓은 부패하고 낡은 권력 전반에 대한 추궁이었다.

진천왕 주세양은 그 부패한 권력의 중심에 있는 자이기에 루하의 그 같은 질문은 그래서 건방졌고 주제넘었으며 위험천만했다. 그럼에도 지금 주세양을 향하는 루하의 눈빛은 조금의 거리낌도 없이 도전적이었고 날카로웠다.

어린 시절, 그 부패한 권력으로 인해 가족을 잃었으니까.

마을에 역병이 돌고 온통 죽음과 비명, 통곡이 난무하던 중에도 나라에서는 어떠한 도움도 주지 않았으니까.

마을에 역병이 돌기 시작하자마자 관리들은 누가 먼저랄

것도 없이 도망가기 바빴고, 나라에서 보내온 병사들은 마을의 입구에 철책을 쳤다. 그리해 대부분의 멀쩡한 사람들까지 역병에 걸려 죽었고, 불태워졌다. 그중에는 루하의 가족들도 있었다.

그때 나라에서 조금만 신경을 써 주었더라면, 어쩌면 그의 가족들은 죽지 않아도 되었을지 모른다.

그때 백성들을 살리고자 하는 마음이 조금이라도 있었다면, 그래서 의원이라도 보내 줬더라면 온 마을 전체가 떼죽음을 당하는 일은 없었을지도 모른다.

아무리 기억에서 지우고 살아왔다 해도 가슴속 저 깊은 곳에 낙인처럼 박힌 비통함이 어찌 지워질까.

감추고 억눌러 왔던 분노가 그 부패한 권력의 상징과도 같은 주세양을 보자 저도 모르게 터져 나오고 있는 것이었다.

그런 루하를 보며 주세양이 습관처럼 자신의 턱수염을 쓰다듬었다.

"힘이라……. 그래, 내겐 분명 과거 시험의 부정 정도는 바로 잡을 힘이 있네. 한데, 그 힘을 어떻게 얻은 것인지 아는가? 바로 과거 시험의 부정을 바로잡으려 하지 않았기에 얻을 수 있었던 힘이라네."

"……?"

"너무 맑은 물에는 물고기가 살지 않지. 권력 또한 마찬가지네. 내가 홀로 바르고자 한다면 지금 내가 가진 권력은 연기처럼 내 손에서 빠져나갈 것이네. 그럼 내가 힘들게 바로잡은 것들은 새로운 권력자의 손에 다시 부서지고 비틀려지겠지. 그게 과연 무슨 의미가 있을까?"

궤변이었다.

그런데도 반박할 말이 선뜻 떠오르지 않는다.

"나는 말이네, 지금보다 더 큰 권력을 원하네. 지금보다 훨씬 더 많은 권력을 원하네. 절대적으로 흔들리지 않는, 그 누구도 감히 넘볼 수 없는 그런 권력 말이네."

"그런 권력을 얻어서 뭘 하실 건데요? 그땐 이 망할 놈의 세상을 좀 고쳐 주실 겁니까?"

"글쎄…… 그야 나도 모르지."

"……."

"사람의 마음이란 게 워낙에 한자리에 있지 못하는 놈이라서 말이네. 내가 처음 권력을 갖겠다 결심했을 때의 마음과 그리해 권력을 갖게 되었을 때의 마음이 다르고, 처음 권력을 얻었을 때와 지금의 마음이 또 다르니, 마침내 절대적인 권력을 가지게 되었을 때 내 마음이 어떠할지 나도 모르는 일이 아니겠는가?"

뭐가 이렇게 애매모호하고 두루뭉술한지 모르겠다.

'이래서 정치인들이랑은 애초에 말을 섞는 게 아닌데……'

"허나…… 그때의 내 마음이 어떻게 변하든지 지금은 그게 중요한 것이 아니지. 권력도 나라가 있어 주어야 존재하는 것이니까. 내가 자네를 이렇게 만나고자 한 것도 그 때문이고."

"결국 강시 얘깁니까?"

"그렇지. 오만, 십만의 군대로도 막지 못했고 무림맹도 실패했으니 이대로라면 최악의 경우 나라마저 사라질 판이 아닌가? 그 최악의 경우를 막을 수 있는 대안은 현재로서는 자네와 자네의 표사들이 유일한 것이고."

"그래서요? 강시를 잡아 왕야의 권력을 지켜 달라 이 말씀입니까?"

"할 수 있겠는가?"

"모르겠는데요?"

"하게. 무조건 해내게. 그리하면 내 권력의 한 자락이 자네 것이 될 것이네."

"필요 없는데요? 잘못된 걸 바로잡지도 못하는 권력이 무슨 소용이라구요. 그딴 거 없어도 저 충분히 잘 먹고 잘살 거거든요?"

"장담하지 마시게나. 권력은 얻고 나서야 비로소 제대로 쓰임이 생기는 것이니까."

이런 것이 경륜이고 연륜인 것일까?

별것 아닌 듯 툭툭 뱉어 내는 한 마디 한 마디가 묘하게 마음을 흔든다.

"하긴, 준다는데 마다할 이유는 없네요. 어차피 잡아야 하는 강시니까. 그러려고 가는 길이니까. 그래서 강시를 처리하면 저한테 뭘 주실 건데요?"

"그거야 잡은 다음에 확인하시게나. 대신 그 전에……."

주세양이 말끝을 흐리며 루하에게 무언가를 내밀었다.

"이걸로 맛을 한번 봐 두는 것도 좋겠지."

주세양이 루하에게 건넨 것은 진천(震天)이란 글자가 양각된 신패였다.

루하가 흠칫했다.

주세양의 신패다. 그리고 주세양의 신패를 받는다는 것은 주세양의 이름을 등에 업는다는 뜻이기도 했다.

그것만 봐도 주세양이 이번 강시 진압을 얼마나 중하게 생각하는지 그 마음을 엿볼 수가 있었다.

"확실히 이것 하나면 권력의 맛은 제대로 볼 수 있겠네요. 뭐, 그렇다고 해도 과연 쓸 일이 있을지는 모르겠지만."

이 역시 그냥 준다는데 마다할 이유가 없는 것이기에 날름 받아 챙겼다. 그러고는 탕에서 일어섰다.

자신을 이곳으로 부른 자가 진천왕이란 것도 알았고 진천왕의 의도 또한 알았다. 그러니 더 이상 이 불편한 자리를 참고 있을 이유가 없다.

아니, 솔직히 말하면 단지 불편한 것만은 아니었다.

이 나라 최고 권력자와 마주해 있는 만큼 절로 일어나는 긴장감과 경계심이야 당연했지만, 그래서 온천에 몸을 담그고 있는 것이 무색하게도 강시 몇 마리는 잡은 듯한 피로감이 밀려들고 있는 것도 사실이지만, 그가 이 자리를 서둘러 벗어나고자 하는 진짜 이유는 마음에 이는 그다지 탐탁지 않은 감정 때문이었다.

표정 하나하나 말투 하나하나, 그리고 억지스러운 듯하면서도 역설적일 만큼 설득력 있는 궤변까지도 묘하게 마음을 동요시킨다.

최고의 자리에 있는 자에 대한 동경인지, 아니면 이 주세양이란 사내를 지금의 위치에 오르게 한 근본적인 힘인지는 모르겠지만 그것은 분명 끌림이었다.

어이가 없다.

이런 탐관오리 중의 탐관오리에게 마음이 끌리다니?

부정과 부패의 대명사와도 같은 자가 같은 사내로서 멋있어 보이다니?

체질적으로 전혀 맞지 않을 것 같은 이딴 정치꾼에게 호감을 느끼고 있다니?

그 마음이 불쾌해서 일부러 더 퉁명스럽게 대했다.

그러한 자신의 마음을 들키기 싫어서 일부러 더 건방지게 굴었다.

그리해 지금도 쫓기듯 자리를 털고 일어선 것이었다.

가벼운 목례로 인사를 한 루하는 지체하지 않고 자신의 처소로 걸음을 떼었다. 그런 그의 뒤로 다시금 홀로 남겨진 주세양의 노랫가락 소리가 들려왔다.

兩人對酌山花開(양인대작산화개)

둘이 마주 앉아 술 마시니 산꽃이 피고

一杯一杯復一杯(일배일배부일배)

한 잔 한 잔에 거듭되는 또 한 잔이라.

我醉欲眠君且去(아취욕면군차거)

나는 취해 잠이 오니 그대는 돌아가

明朝有意抱琴來(명조유의포금래)

내일 아침 생각나거든 거문고 안고 오시게.

이젠 저 팔자 늘어지는 노랫가락 소리마저도 호기롭고 멋스럽게 느껴질 지경이다.

'이러다 나, 다음에 만나면 저 노친네 품에 달려가 안기

기라도 하는 거 아닌가 몰라.'

그건 정말이지 생각만 해도 끔찍한 일이라 신경질적으로
걸음을 빨리하는 루하였다.

第二章

공의와 대의

이튿날 아침.

"끄어어어……."

트림을 거하게 터트린 루하가 남산처럼 부풀어 오른 자신의 배를 부여잡고 연신 가쁜 숨을 토했다.

상다리가 부러질 만큼 으리으리한 밥상과 죽기 살기로 생사혈투를 벌인 결과였다.

"헉헉헉헉……. 이젠 정말 없이 살던 때의 버릇은 좀 고쳐야 하는데……."

밥이든 반찬이든 어떻게 된 게 그릇에 음식 남아 있는 꼴을 못 보겠다. 그리해 자신의 앞에 기다랗게 놓인 밥상은 거지 패라도 지나간 듯 허허벌판이 되어 있었다.

"이거 참, 누가 보면 삼절표랑이 걸신이라도 들린 줄 알 겠네."

뒤늦게 민망한 마음이 들기도 했지만 남의 시선 따위야 신경 안 쓴다. 그런 걸 신경 쓸 여유도 없다.

아침을 너무 거하게 먹는 통에 시간이 상당히 지체되어 표사들은 이미 떠날 채비를 모두 끝마치고 밖에서 그를 기 다리고 있는 실정이었다.

"국주님, 아직입니까?"

아니나 다를까, 모웅이 재촉을 해 온다.

"알았어요. 금방 나가요."

그리해 부른 배를 가라앉힐 시간도 없이 부랴부랴 행장 을 꾸렸다. 그러다 문득 아무렇게나 굴러다니는 물건 하나 를 발견하고는 흠칫했다.

어젯밤 주세양에게서 받은 신패였다.

'권력이라…….'

주세양은 이것이면 권력의 맛을 볼 수 있을 거라고 했다. 그리고 또한 권력이란 얻고 나서야 비로소 제대로 쓰임이 생긴다고도 했다.

과연 이 손안에 든 작지만 큰 권력이 제대로 쓰일 날이 있기나 할까?

"국주님……."

"알았어요. 알았다고요. 금방 나간다니까요."

루하는 잠시간의 상념을 접고 주세양의 신패를 옷가지들과 함께 아무렇게나 구겨 넣었다.

그리고 곧바로 홍화루를 나왔다.

홍화루를 나오자 표사들이 모든 채비를 갖추고는 그를 기다리고 있었다.

그런데,

"이햐! 화청지의 물이 좋긴 좋나 보네요. 다들 하룻밤 사이 때깔들이 확 달라졌는데요?"

"하하, 그렇습니까? 아닌 게 아니라 이곳 온천에 몸을 담그고 났더니 아주 다시 태어난 기분까지 들더라구요. 근데 국주님은 어땠습니까? 듣자 하니까 국주님이 묵으신 백화실은 양귀비가 목욕을 했다는 해상탕과 연결이 되어 있다면서요? 그래, 양귀비랑 같은 물에 목욕을 한 소감이 어떻습니까? 아니, 국주님 얼굴 때깔을 보니 단지 온천만 즐긴 것이 아닌 것 같은데요? 얼굴에 홍조도 떠 있고 눈빛도 촉촉한 것이…… 설마 목욕을 하러 하계로 내려온 양귀비와 밤새 뜨거운 운우지락이라도 나눈 것 아닙니까?"

"운우지락은 개뿔! 지금 불난 데 부채질해요? 양귀비는커녕 여인네라곤 코빼기도 못 봤거든요? 그렇잖아도 웬 이상한 노인네 때문에 정신 사나워 죽겠는데…….."

"웬 이상한 노인네라뇨? 설마 해상탕에서 밤새 사내랑 있었단 말입니까?"

"내가 또 언제 밤새 있었다고 했어요! 잠깐 몸을 같이 담근 것뿐이…….."

"헉! 사내랑 몸을 섞었다고요? 국주님, 그런 취향이셨습니까?"

"아니, 이 싸람들이 진짜! 사람을 어따가 취직시켜요!"

루하가 발끈하자 그 반응이 재밌었는지 와자지껄 웃음을 터트리는 표사들이다.

하지만 같이 웃어 줄 수가 없다.

표사들의 짓궂은 농담을 그냥 농담으로 대범히 흘려 넘기기에는 마음 한편에 켕기는 것이 있다. 인정하고 싶지 않지만 어젯밤의 그 묘한 동요가 아직도 찝찝함으로 남아 있는 것이다.

'아 놔, 의선가의 그 꼬맹이도 그렇고 어제 그 노친네도 그렇고 나 왜 이렇게 흔들리는 건데? 이러다 나 정말 그런 쪽으로 빠지는 거 아냐?'

생각만 해도 끔찍하다.

루하는 얼른 그러한 끔찍한 생각을 털어 버리고자 서둘러 말에 올라 고삐를 틀어쥐었다. 그리고 모웅에게 물었다.

"다들 준비된 거죠?"

"벌써 반 시진 전부터 준비를 마치고 국주님을 기다리고 있었습니다."

"대강 열흘길이랬죠?"

"예."

이제 열흘 후면 폭주 강시를 만난다.

그렇게 생각하니 지금까지와는 또 다른 긴장이 들어찬다.

'그러고 보면 딱 좋은 때에 화청지로 온 거네.'

마음가짐을 새롭게 해야 할 때에 제대로 목욕재계를 한 셈이다.

표사들을 보니 농지거리를 하는 와중에도 그들 역시 지금까지와는 사뭇 다른 얼굴을 하고 있었다.

"그럼 출발하죠."

그리해 루하가 앞장서 길을 재촉하고 표사들이 뒤를 따른다.

그렇게 떠들썩하게 화청지를 떠나는 루하와 쟁천표국의 표사들을 홍화루 가장 높은 곳에서 내려다보는 두 개의 시선이 있었다.

진청왕 주세양과 그의 사위 좌참의 이덕량이다.

주세양이 이덕량에게 물었다.

"자네가 보기에는 어떠하던가? 강시를 막을 정도의 능력이 있어 보이던가?"

"능력은 모르겠지만, 타고난 영웅호걸은 아니었습니다."

"영웅호걸은 아니다?"

"모름지기 영웅호걸이라 하면 열 여자를 마다 않는 법이고, 사내란 몇 명의 여자를 품느냐에 따라서 그 그릇이 달라지는 법인데, 공짜로 기녀를 불러 주겠다는데도 극구 마다를 하질 않나…… 아직 장가도 안 가서 호랑이 같은 장인이 있는 것도 아니고, 살쾡이 같은 마누라가 있는 것도 아닌데 왜 줘도 못 먹는 건지……."

어제 루하에게 그랬던 것처럼 다시 푸념이 이어진다.

그러한 푸념이 익숙한 주세양이다. 자신을 앞에 두고 호랑이 같은 장인이니 살쾡이 같은 마누라니, 물색없이 떠드는 것도 익숙하다.

좋은 말로 타일러도 보고 엄한 말로 혼도 내 보았다. 자신의 가장 가까이에서 자신을 보좌해야 할 자라면 가장 조심해야 할 것이 입이기에 따로 선생까지 두어 고쳐 보려고도 했다.

조금만 갈고닦으면 그 뛰어난 학식과 통찰력으로 능히 시대의 명재상이 될 수 있을 것이기에 예법부터 언사까지, 정말이지 많은 공을 들였다.

하지만 소용없었다.

불치의 병을 마주한 의원의 심정이 이러할까 싶을 정도로 참 한결같았다.

그리해 내린 결론은, 원래부터가 그렇게 되어 처먹은 인간이라는 것이다.

왼손잡이에게 오른손으로 젓가락질을 하라 할 순 있어도, 오른팔이 없는 외팔이에게 오른손으로 젓가락질을 하라 할 수는 없는 노릇이 아니겠는가.

그래서 이젠 그냥 그러려니 하게 되는데, 그렇다고 해도 저 물색없이 주절거리는 푸념을 마냥 들어줄 만큼 관대한 성품도 느긋한 성격도 아니었다.

주세양이 손사래를 쳐 이덕량의 말을 끊고 다시 물었다.

"그래서? 저자에게 강시를 막을 힘이 있다는 건가, 없다는 건가?"

"아마도 막을 힘은 있을 것입니다."

"어째서?"

"아까도 말씀드렸다시피 저자는 기질 자체가 영웅호걸과는 거리가 먼 사내입니다. 영웅호걸의 기질이 아니니 당연히 영웅심에 목숨을 내걸지도, 분위기에 휩쓸려 무작정 사지로 뛰어들지도 않을 것입니다. 그런데도 강시를 잡으러 간다는 건 적어도 칠 할의 자신은 있기 때문입니다."

"그러니까 강시 진압이 성공할 확률이 칠 할은 된다?"

"그건 아닙니다."

"어째서?"

"저자에게 강시를 제압할 만한 힘이 있을 가능성은 분명 칠 할이 맞습니다. 하지만 그것만으로는 성공을 논할 수가 없습니다. 지금 그곳에는 너무 많은 이해득실이 얽혀 있으니까요."

"서문가의 군대와 무림맹을 말하는 것이로군."

"예. 그들이 한 팔의 힘이 되어 줄지, 그 반대일지는 알 수 없는 일이니까요."

이덕량의 말에 주세양이 고개를 끄덕였다.

새삼스러운 일도 아니다. 이미 그 정도는 계산에 두고 있었다.

"아무튼 저자에게 강시를 제압할 만한 힘이 있는 건 맞단 말이지?"

"예. 어디까지나 칠 할의 확률입니다만."

주세양이 다시 고개를 끄덕였다.

그거면 되었다.

"곽 장군에게 연통을 넣게나."

*　　*　　*

루하와 쟁천표국의 표사들이 섬서의 끄트머리 천양(千陽)에 도착한 것은 생각지 않았던 주세양과의 만남이 있고부터 정확히 열하루가 지났을 무렵이었다.

밤이 깊은 시각, 천양의 마을 입구로 들어서는 그들의 표정은 화청지를 떠날 때의 표정과는 사뭇 달랐다.

서안에서 이곳까지 이르는 동안 그들이 일상으로 마주하게 된 피난민들 때문이었다.

바로 이 앞, 한때는 농지였을 것으로 짐작되는 이름 모를 벌판에 족히 수만 명은 될 듯한 피난민들이 아무렇게나 바닥에 퍼질러 앉아 생기 없는 퀭한 눈으로 깊은 시름을 토하고 있었다. 한순간에 삶의 터전을 잃어버린 그들의 한숨이, 축 처진 어깨가, 무너지는 탄식이 바윗덩이가 되어 아직까지도 그들의 가슴을 무겁게 짓누르고 있는 것이다.

그렇게 무거운 마음으로 섬서의 마지막 마을에 당도하고 보니, 마치 그들이 오기를 기다리고나 있었다는 듯 말을 건네 오는 사내가 있었다.

"쟁천표국 분들이십니까?"

대략 삼십 대 중반 정도로 보이는 사내였다.

그 사내를 본 순간 루하는 눈살부터 찌푸렸다.

난생처음 보는 얼굴이지만 그 복색만큼은 눈에 익은 때문이었다.

왼쪽 가슴에 새겨진 맹(盟), 그리고 그 아래 새겨진 형산(衡山).

보이는 그대로 무림맹 소속의 형산파 제자다.

아무래도 무림맹 맹주 광현의 당부에도 불구하고 무림맹에 따로 기별을 주지 않고 독자적으로 여기까지 온 것인 만큼, 자신들을 향하는 무림맹의 마음이 기꺼울 리가 없었다.

'그 일을 따지기라도 하려는 건가?'

그렇게 경계와 짜증을 담아 사내를 보는데, 잠시 루하를 살피듯 하던 사내가 다시 입을 열었다.

"저는 무림맹 현무원(玄武院) 소속의 남이(南夷)라 합니다. 저희 원주님께서 국주님을 뵙고자 하십니다."

루하가 다시 눈살을 찌푸렸다.

"제가 알기로 지금 이곳 무림맹 진영의 책임자는 화산파의 군자검(君子劍) 한승(韓承) 장문인이신 걸로 압니다만?"

"사정이 있어 사흘 전에 한승 장문인에서 저희 원주님으로 이곳의 책임자가 바뀌었습니다."

"흠…… 그럼 현무원의 원주님이란 분은 어떤 분이십니까?"

"저희 형산파의 장문인이십니다. 제 스승님이시기도 하구요."

"그럼 이곳 무림맹 진영의 책임자가 여 장문인이시란 말씀입니까?"

"예."

순간, 루하는 눈살만이 아니라 아예 얼굴 전체를 팍 구겼다.

형산파 장문인 여문기.

일전에 광현과 함께 와서는 무기를 빌려 달라며 윽박을 질렀던 그 무례하고 뻔뻔한 인간이었다.

'이게 무슨 원수는 외나무다리에서도 아니고, 왜 지금 책임자가 바뀌어? 그것도 하필이면 그 개념 상실한 인간으로?'

우연일 리가 없다.

우연이라고 하기에는 너무 작위적이다.

'날 상대로 아주 제대로 눈 가리고 아웅을 해 보시겠다?'

무너진 자존심과 돌아선 민심을 돌리자면 자신을 상대로 뻔히 속이 보이는 짓거리를 해야 하는 것이 무림맹의 입장이었다. 이미 그러한 의사를 지난번에 충분히 보여 주기도 했다.

그런 만큼 한승으로는 안 된다 판단한 것이 틀림없다.

군자검이란 별호만큼이나 인품이 훌륭하기로는 구대문파 중 으뜸인 한승이니까.

얼굴에 철판을 깔고 자신을 상대할 수 있는 사람으로는

여문기만큼 적합한 사람이 또 없으니까.

그런 만큼 여문기가 왜 자신을 부르는 것인지, 자신에게 무슨 말을 하려 할지 안 봐도 뻔하다.

'그냥 쨀까 버릴까?'

그러는 편이 속은 편할 것 같다.

하지만 자신이 피하고자 한다고 피할 수 있는 자가 아니었다.

그러기에는 무림맹이란 이름도 형산파라는 이름도 너무 컸다.

'게다가 어쨌거나 이곳에 모인 삼만 무림인들의 수장이기도 하고.'

만나는 보아야 했다. 만나서 무슨 이야기를 하는지 들어는 보아야 했다. 그것이 앞서 피 흘린 자들에 대한 최소한의 도리였다.

그리해 루하는 내키지 않는 걸음을 억지로 떼어 여문기를 만났다.

아니나 다를까,

"어차피 합류를 할 거였으면 사전에 무림맹에 연락부터 주어야 하는 일이 아니오? 무림이 하나 된 힘으로 일사불란하게 움직여도 될까 말까 한 일에 이렇게 독단적으로 행

동해서야 어디 저 미쳐 날뛰는 강시인들 제대로 막을 수나 있겠소?"

루하를 보자마자 추궁부터 시작하는 여문기다.

그리고 장황한 설명이 이어졌다.

강시의 강함에서부터 희생자 수, 무림맹이 어떠한 노력을 했으며 무림맹의 지금 전력이 어떠한지까지…… 굳이 하지 않아도 될 것들까지 주절주절이다.

어차피 서론일 뿐이다.

정말로 하고자 하는 말을 꺼내기 위한 사전 떡밥에 지나지 않는다.

그걸 알기에 아무 대꾸도 하지 않고 그냥 지껄이는 대로 두었다.

여문기가 가뜩이나 두꺼운 얼굴에 두 겹, 세 겹의 철판을 깐 것은 그렇게 한참을 더 주절주절 떠들어 댄 후였다.

"앞서도 말했지만 강시를 잡는 데 머릿수는 의미가 없소. 아무렇게나 휘두르는 권풍의 살상반경이 무려 십 장을 넘어가고, 그 도검불침의 몸은 만년한철조차 박히지를 않소. 무엇보다 암담한 노릇은 무시무시한 권풍으로 밤낮없이 온 천지를 폐허로 만드는 중에도 기력이 소진되지 않는다는 것이오. 그러니 만일 강시가 감숙을 넘는다면 십만의 군세든 백만의 군세든 어찌 막을 수가 있겠소?"

"그래서요?"

"무슨 일이 있더라도 감숙을 넘기 전에 강시를 잡아야 하오. 그리고 그러자면 쟁천표국의 힘이 절대적으로 필요한 것이고."

"그러니까 무림맹이 강시를 잡는 데 협력을 하라는 거 아닙니까? 그거야 이미 일전에도 하신 말씀이구요."

"협력도 협력이지만 무림을 위해 정 국주가 진정으로 하셔야 할 것은 대의를 위한 양보요."

"대의를 위한 양보?"

"정 국주도 아시겠지만 지금 이건 상처 입은 호랑이를 사냥하는 것보다 더 위험하고 어려운 일이오. 한 번에 제압하지 못하면 우리만 죽는 것으로 끝나지 않는다, 이 말이오. 단 한 번뿐인 기회라면 할 수 있는 모든 방법을 다해서 확률을 최대한으로 높여야 하지 않겠소?"

"그래서요?"

"무기를 빌려주시오."

이 역시 일전에도 들었던 말이다. 하지만 그때는 개념도 논리도 없는, 그야말로 억지떼에 불과했지만 지금은 분명한 이유가 있었다.

"같은 붓이라도 쓰는 자에 따라서 명필이 되기도 하고, 범필이 되기도 하고, 악필이 되기도 하는 법이오. 열의 힘

이 있다면 그 열의 힘을 다 써도 장담할 수 없는 상황에, 열
의 힘을 다섯도 쓰지 못하는 자들에게 어찌 천하의 안위를
맡길 수가 있겠소?"

"그러니까 내 표사들이 열의 힘을 다섯도 쓰지 못한다는
말씀입니까?"

"그렇소. 아무리 쟁천표국의 이름이 크고 높다고 하더라
도 그래 봤자 고작 도적 출신의 일개 표사들이 아니오?"

"그럼 무림맹은 열의 힘을 온전히 다 쓸 수 있다는 말씀
입니까?"

"내일이면 여기에 구대문파의 장로들이 도착하오. 모두
오십 명. 그들이라면 쟁천표국의 표사들보다야 훨씬 더 확
률을 높일 수가 있지 않겠소?"

"……."

이번만큼은 루하도 아무 반박을 할 수 없었다.

심지어,

"잘 생각해 보시오. 지금은 사사로운 이득이나 알량한
명성에 연연해 할 때가 아니오."

누구보다도 사사로운 이득과 알량한 명성에 연연하고 있
는 것이 여문기고 무림맹인데도 그 뻔뻔한 말에조차 대꾸
를 하지 못했다.

구대문파의 장로 오십이라니?

무림사를 통틀어 그 많은 인사가 한자리에 모인 적이나 있을까?

그런 대단한 인사들이 진법을 펼치는 광경을 생각하니 정수리에서부터 발끝까지 전율마저 일어날 지경이었다.

쟁천표국의 표사들과는 확실히 비교 불가한 존재들이다.

반론의 여지가 없다.

여문기의 말마따나 표사들보다 구대문파의 장로들에게 무기를 쥐여 주는 것이 성공 확률을 훨씬 더 높일 수 있었다.

그러나,

"무기는 빌려 드릴 수 없습니다."

루하의 대답은 한 치의 망설임도 없이 단호했다.

전에는 소림 장문인 광현도 있는 자리였고, 또 강시 진압에 참여할지 여부도 결정하지 못한 상황이었기에 거절할 명분이 부족했다.

그때 만일 거절을 했더라면 세상을 위해 떨쳐 일어나지는 못할망정, 그들을 대신해 살신성인 세상을 구하고자 하는 자들에게 어찌 무기조차 내주지 않는 거냐며 무림맹을 향하던 비난이 고스란히 쟁천표국에게로 향했을 터였다.

그래서 그 자리에서 바로 거절을 못 했던 것이지만 지금은 상황이 달랐다.

강시 진압을 위해 여기까지 달려왔다.

강시를 잡겠다는 각오와 의지도 확고했다.

무엇보다 여기까지 와서 무림맹의 들러리나 되어 줄 생각은 추호도 없었다.

물론 구대문파의 장로들에게 무기를 양보하는 것이 효율면에서 나은 것은 분명한 사실이다. 그만큼 실패의 가능성을 자신들이 떠안아야 한다는 것도 안다.

실패했을 때의 세상이 얼마나 참담할지, 대의를 위한 양보를 거부한 자신들에게 세상의 비난이 어떠할지도 충분히 짐작할 수 있다.

하지만 상관없다.

'어차피 강시를 잡는 데 실패하면 나나 표사들이나 이미 황천길을 건너고 있을 텐데, 뭐.'

죽고 난 다음의 세상이 어떠하든, 세상의 비난이 어떠하든 그게 다 무슨 상관이겠는가.

'그러니까 죽이 되든 밥이 되든 우리가 알아서 해 보겠다 이거지.'

당연히 루하의 그러한 생각은 여문기의 격한 반발로 이어졌다.

"이보시오, 정 국주! 지금은 사사로운 이득이나 알량한 자존심을 챙길 때가 아니라 했지 않소! 이곳에 왔다는 것은 곧 우리와 공의를 같이하기로 했다는 뜻일 터, 대의를 생각하시란 말이오. 대의를!"

"뭔가 착각을 하고 계시나 본데…… 저희는 무림맹과 공의를 같이할 생각이 없습니다. 무림맹에 합류하려고 이곳에 온 것도 아니구요. 우리는 그냥 우리대로 강시를 잡을 겁니다. 어차피 구대문파 장로분들께 무기를 맡긴다고 해도 확률만 좀 높아질 뿐이지 완벽히 성공한다는 보장이 없는 건 매한가지가 아닙니까? 오히려 강시를 잡아 본 경험도 그렇고, 오랜 시간 손발을 맞춰 온 것도 그렇고, 어떤 면에서는 우리 표사들이 더 나을 수도 있는 거구요."

"그게 무슨 말도 안 되는…… 어찌 표사 따위가 구대문파의 장로들보다 나을 수가 있단 말이오!"

"세상일이란 게 원래가 그런 거 아닙니까? 재 보기 전에는 모르는 거. 아무튼 우리는 우리대로 강시를 잡아 볼 거니까 그게 마음에 안 들면 무림맹은 무림맹대로 다른 방법을 찾아보세요."

그렇게 말하고는 자리에서 일어섰다. 그리고 지체하지 않고 막사를 나왔다.

뒤에서 '쾅!' 탁자 부서지는 소리가 들렸지만 무시했다.

그렇게 밖으로 나오니 장청과 모옹이 기다리고 있었다.

장청이 찜찜한 표정으로 말했다.

"너무 강경하게 나가는 것 아닌가? 그래도 명색이 무림 맹이고 형산파의 장문인인데?"

"아뇨. 여지를 남길 일이 아니었어요."

"허나…… 그 심보가 괘씸하긴 해도 저자의 말이 틀린 것은 아니지 않나? 확실히 우리보다야 구대문파의 장로들이 훨씬 더 나은 것이 사실이니까."

"뭐, 그게 사실이긴 하죠. 하지만 그다음에는요? 강시를 잡는 데 성공하고 나면 무림맹이 어떻게 나올 것 같으세요?"

루하의 물음에 모옹이 대답했다.

"원하는 대업을 이루었으니 그다음에 할 일은 땅을 다져 기반을 튼튼히 하는 것이겠죠."

"그러자면요?"

"무림맹의 위기가 강시로 인해 시작된 만큼 그들에게 있어 강시는 잠재적인 위험 요소일 수밖에 없으니 다시 강시 사냥을 재개할 겁니다."

"그러자면요?"

"우리 무기가 필요하겠죠."

"바로 그거죠. 저 뻔뻔한 작자들이 민심까지 등에 업었는데 그걸 순순히 돌려주겠어요? 무슨 핑계를 대서든 꼭꼭 붙들고 있겠죠. 그렇게 우리 무기로 강시를 잡아 댈 거고,

그럼 무림맹의 명성은 하늘 높은 줄 모르고 치솟을 테고, 그럼 우리는? 완전 새 되는 거죠. 호구도 이런 호구가 또 어디 있냐 말이죠. 그 속내가 뻔히 보이는데 공의니 대의니 그딴 것 때문에 그런 등신짓을 하라구요? 차라리 맨몸으로 강시의 주먹을 받고 말지 그딴 짓은 죽어도 안 해요. 남 좋은 일 시키려고 내 거 퍼주는 짓은 나한텐 공의도 대의도 뭣도 아니니까. 누가 뭐라 해도 내 공의는 내 물건 내가 알아서 쓰는 것이고, 내 대의는 내 밥그릇 내가 챙기는 것이니까."

루하의 의지는 확고했다.

여기로 오기 전에도 그랬지만 여문기를 다시 만나고 나서는 더 단단해졌다.

하지만, 그런 루하의 생각을 지지는 하면서도 걱정은 떨치지 못하는 모웅이다.

"국주님의 말씀대로 차라리 죽으면 죽었지 그런 호구 짓은 표사들도 거부할 것입니다만…… 무림맹으로서도 사활을 걸고 있는 만큼 그렇게 쉽게 포기하지는 않을 것입니다. 여론을 움직이든, 어떤 다른 힘을 행사하든 국주님이 그들의 요구를 들어줄 수밖에 없는 상황을 만들려고 할 것입니다."

"뭘 그렇게 복잡하게 생각해요? 이러니저러니 해도 결국 그 미친 강시를 우리가 잡아 버리면 그만이잖아요. 그럼 세상이 다 우리 편을 들 텐데 지들이 뭘 어쩌겠어요?"

루하의 단언에도 모옹은 걱정을 떨치지 못했다.

'그렇게 단순하게 흘러가 준다면야 다행이긴 하겠지
만……'

루하의 말대로 무림맹이 무슨 꼼수를 부리든 간에 쟁천
표국이 먼저 강시를 잡아 버리면 그만이지만, 문제는 과연
무림맹이 그리되도록 두고만 보겠냐는 것이다.

무림맹이라면, 그들이 가진 힘과 체면마저 버린 그 노골
적인 뻔뻔함이라면, 단순한 문제도 얼마든지 복잡해질 수
가 있는 것이다.

그 같은 걱정이 현실이 된 것은 그로부터 고작 한 시진도
지나지 않아서였다.

第三章

오늘 날이 밝기 전에
성문을 넘습니다!

루하는 자신의 앞에 서 있는 사내를 멀뚱히 보고 있었다.

나이는 예순이 훌쩍 넘어 보였지만 백염과 백미에 어울리지 않게도 키는 육 척 장신에, 두껍고 무거운 철갑주를 걸쳤다. 허리엔 키만큼이나 큰 장도(長刀)를 찼다.

'서문경(西門璟)⋯⋯.'

이곳에 자리한 십만 군대의 수장이었다.

잠들기 직전에 들이닥친 서문경의 방문이 불쾌하기만 한 루하다. 그건 단지 고단한 여정 후의 단잠을 방해받은 것에 대한 짜증이 아니었다.

이 서문경이란 사내가 마음에 들지 않아서도 아니었다.

마음에 들지 않기는커녕 난생처음 보는 대장군의 모습에 살짝 감동까지 했다.

그런데도 루하의 심기가 좋지 못한 것은 서문경과 함께 온 인물 때문이었다.

형산파 장문인이자 무림맹 현무원의 원주 여문기.

'이 인간이 또 무슨 개수작을 부리려고……'

당연히 좋은 의도일 리는 없다.

그리고 그 좋지 않은 의도가 군부의 대장군과 함께하고 있으니 아까처럼 안일하게 생각할 수도 없다.

그리해 경계를 드러내며 물었다.

"그래서…… 두 분께선 이 늦은 시각에 여긴 무슨 일들 이시죠?"

루하의 말을 여문기가 받았다.

"아무래도 조금 전 나누었던 대화가 좀 부족하지 않았나 싶어서 말이오."

루하는 슬쩍 서문경의 얼굴을 보았다.

그때까지도 무겁게 입을 닫은 채 별다른 표정이 없다.

그것이 더 찝찝했지만 크게 개의치 않고 다시 여문기에 게로 눈을 돌렸다.

"저는 그다지 부족했다 생각 안 합니다만? 제 뜻은 분명 히 전달을 했으니까요."

"그러니까 이번 일은 정 국주의 뜻 이전에 대의를 먼저 생각해야 한다 하지 않았소."

"그 대의가 진정 누구를 위한 것인지 모르겠는 걸 어쩌겠습니까?"

"누구를 위한 대의인지 모르겠다니?"

"그냥 제 생각이 그렇다는 겁니다."

"그러니까 그 생각이란 게 무엇이란 말이오!"

발끈해서 따지는 여문기의 태도도 태도지만 다람쥐 쳇바퀴 돌듯 이어지는 하나 마나 한 대화들에 짜증을 넘어 슬슬 화가 치밀어 오르기 시작하는 루다.

게다가 어차피 서로의 생각이 극명하게 갈리는 일이었다.

좋은 말로 접점을 찾을 수 있는 일이 아니었다.

"이왕 말 나온 김에 솔직히 말씀드리죠. 장문인께서 말씀하시는 대의가 제게는 단지 무림맹만을 위한 대의로 밖에는 보이지 않는다는 겁니다."

"그 무슨…… 허면 정 국주는 지금 무림맹이 사사로운 욕심으로 이러고 있다 이 말씀이오?"

"그게 사사로운 욕심인지 아닌지는 장문인께서 더 잘 아시겠죠."

"이보시오, 정 국주! 지금 그대가 무림맹을 얼마나 욕되게 하고 있는지 알고나 있는 것이오!"

"뭐, 아니라면 사과드리겠습니다. 하지만 그렇다고 해도 이 자리에서 바로 의심을 거둘 수는 없습니다. 아니, 거두고 싶어도 제 마음이 뜻대로 되지가 않습니다. 제가 워낙에 비천한 출신이다 보니 그간 보고 겪은 세상은 선의보다는 악의가 훨씬 더 많았거든요. 그러니까…… 거듭 말씀드립니다만, 말씀하신 대의에 저희 쟁천표국은 동참하지 않습니다. 당연히 무기도 빌려주지 않을 것입니다."

루하가 그렇게 단호하게 못을 박자 여문기가 다시 성질에 못 이겨 버럭 화를 내려 할 때였다.

그간 둘의 대화를 묵묵히 듣고만 있던 서문경이 처음으로 대화에 끼어들었다.

"무림맹의 대의를 믿지 못하겠다면, 그럼 군부의 대의는 어떠신가?"

"무슨…… 말씀이십니까?"

루하의 눈에 한층 더 강한 경계가 담긴다.

무림맹은 아무리 대단한 곳이라고 해도 가늠은 할 수 있는 곳이었다. 지켜야 할 선이 어느 정도인지, 용인해 줘야 할 선이 또한 어느 정도인지 그러한 한계선을 대강이나마 정할 수 있었다.

하지만 군부는 달랐다.

너무나 낯선 존재였다.

낯설기에 불안하고 부담스럽다. 더구나 여문기와 같이 왔다는 것은 자신의 편은 아니라는 뜻이기에 더 그랬다.

아니나 다를까,

"군부의 대의는 나라와 백성의 안녕이네. 나라와 백성의 안녕을 위해 자네에게 내가 청을 하지. 무림맹을 믿지 못하겠다면 그 무기를 우리 군부에게 빌려주는 것은 어떻겠나?"

얼핏 그럴듯해 보이지만 이 또한 눈 가리고 아웅이다.

"그걸 빌려 드리면요? 결국 무림맹에 넘길 것이 아닙니까?"

"그 편이 나라와 백성을 지키는 데 최선이라면 그리해야겠지."

어이가 없다.

'이놈이나 저놈이나, 대체 뭐하자는 수작들이야?'

여문기와 서문경이나 똑같다.

굳이 차이를 찾자면 여문기는 대놓고 뻔뻔하다는 것이고, 서문경은 조금 근엄하게 뻔뻔하다는 정도?

"나를 믿게나. 나 서문경의 이름을 걸고 모든 일을 공평무사하게 처리할 것이니."

"만일 제가 그러지 않겠다면요?"

"그런 일은 없어야겠지만…… 쟁천표국의 무기가 이 혈

겁을 멈출 수 있는 유일한 대안이고 구대문파의 장로들이 그것을 확실한 성공으로 이끌어 줄 수만 있다면, 나로서는 선택의 여지가 없는 일이 아니겠는가?"

"군대라도 동원하시겠다는 겁니까? 강시가 아니라 날 잡으러? 아니, 내 무기를 뺏으러? 그게…… 도적이나 다를 게 뭐가 있습니까?"

"그것이 이 나라와 백성을 지키는 유일한 길이라면 난 기꺼이 도적이 될 것이네."

그리 말하며 서문경은 단호하면서도 무겁게 고개를 끄덕였고, 그 옆의 여문기는 거 보란 듯이 비릿하게 입꼬리를 말아 올렸다.

'아주 한통속이 되어서 작당을 하고 날 찾아온 거구만!'

무림맹과 군부가 언제부터 이렇게 친했나 싶다.

'하긴, 여기서 같이 그만큼 피를 흘렸으니 동지애가 생길 만도 했겠지.'

이젠 화도 안 난다.

그냥 이제 어째야 하나 싶을 뿐이다.

상대는 무림맹과 십만 군대의 수장이다.

아무리 세상 거칠 것 없는 루하라고 해도 오기로 맞설 수 있는 상대가 아니었다.

무한한 체력을 가진 강시도 아닌데, 무슨 수로 십만 군대를 감당할 수 있겠는가?

"일단…… 자세한 이야기는 날이 밝고 나면 하기로 하고, 이만 돌아들 가시죠? 먼 길을 오느라 지금 무지 피곤하거든요? 머릿속이 아주 그냥 다 멍해요."

"생각을 정리할 시간을 달라는 겐가?"

"뭐 그것도 그거지만…… 아무리 중대사라 해도 남이 자는 베갯머리에까지 찾아와서 대뜸 쌈지 주머니 털어 가겠다는 건 너무 염치없는 거잖습니까?"

일단은 시간이라도 벌어 보자는 임시방편의 자구책이다.

다행히 크게 개의치 않는 서문경이다.

"그리하게. 허나 날이 밝으면 답을 주어야 할 것이네. 그래야 곧 당도할 구대문파의 장로들과 보다 구체적으로 계획을 짤 수가 있을 것이니 말이야."

이젠 아예 쟁천표국의 무기가 자기네들 손에 들어와 있기라도 한 것처럼 말한다.

여문기도 군대까지 나선 마당에 제깟 놈이 뭘 어쩌겠냐는 듯 노골적인 비웃음을 남기고는 그 자리를 떠났다.

'아주 정승 집 종놈이 따로 없네.'

저다지도 채신머리없는 작자가 형산파 장문인이라니, 형산파의 미래가 심히 걱정스럽기까지 했다.

'하긴, 지금 내가 남 걱정할 때가 아니지.'

이 사면초가에 고립무원의 상황을 과연 어떻게 벗어나야
할 것인지 그 고민만으로도 이미 충분히 골치가 아팠다.

그렇게 이 난감한 상황의 타결책을 찾아 골머리를 싸매
는데, 불현듯 잊고 있던 한 가지가 떠올랐다.

"아, 맞다! 그러고 보니 그게 있었지!"

불현듯 뇌리를 스쳐 가는 생각에 급히 행장을 뒤졌다. 그
리해 꺼내 든 것은 화청지에서 주세양으로부터 받았던 신
패였다.

'이거라면…… 십만 군대도 물릴 수 있지 않을까?'

명색이 이 나라 최고 권력자의 신패다.

주세양도 이거라면 충분히 권력의 맛을 볼 수 있을 거라
고 했었다.

'그래! 이거라면 충분히 통할 거야!'

"통하지 않을 겁니다."

군부나 정치에 대해선 무지하기 그지없는 처지였다. 서
문경을 찾아가 무턱대고 신패를 내밀자니 뭔가 좀 애매하
기도 하고 걱정도 되어서 모옹에게 조언을 구했다. 아무래
도 군관 출신이니 그런 쪽으로는 잘 알지 않을까 싶었던 것
인데, 그렇게 해서 나온 대답은 상당히 부정적인 것이었다.

기대했던 대답이 아니자 루하가 얼굴을 구기며 따지듯

물었다.

"왜요? 진천왕야의 신패라면 누구도 함부로 못 할 것 같은데?"

"예. 이 나라에서 나랏밥을 먹는 자들 중에 진천왕의 신패를 무시할 수 있는 사람은 없습니다만, 딱 하나 예외가 있습니다."

"……?"

"서문가(西門家)입니다."

"서문가요?"

"태조 때부터 이 나라 조정을 지탱해 온 뿌리 깊은 가문입니다. 당금 조정은 크게 두 파벌로 나누어져 있습니다. 하나는 황실 종친들로 이루어진 진천왕야의 세력이고, 다른 하나는 조정 신료들로 이루어진 서문가의 세력입니다. 지금은 물론 진천왕야의 힘이 좀 더 득세를 하고 있는 실정이지만, 그렇다고 해도 서문가를 무시할 수 있을 정도는 아닙니다."

"그러니까 이곳 군부를 책임지고 있는 서문경이 바로 그 서문가의 사람이고, 그래서 진천왕야의 신패 하나로는 부릴 수 없을 거라 이 말이에요?"

"예. 무엇보다 서문경 역시 무림맹과 마찬가지로 공을 세워야 하는 입장입니다. 아무리 상대가 사람이 아니었다고는 해도 십만의 군대를 가지고도 이대로 병사만 잃고 돌아간다면 엄한 문책을 피할 수 없을 테니까요. 아마도 그래서 무림맹과 손을 잡은 것일 겁니다. 물론 강시라는 공통된 적을 두고 동지애가 생기기도 했을 테지만, 가장 큰 이유는 결국 서로 간에 이해득실이 맞아 떨어진 것이겠죠."

"우리 무기를 무림맹에 넘기는 조건으로, 강시를 잡게 되면 공을 같이 나누는 걸로 입을 맞췄다?"

"무기에 대한 지분도 협의를 봤을 겁니다. 서문가가 백령석으로 이천 명의 방패 부대를 만든 것은 국주님의 생각대로 대무림인용일 가능성이 높습니다. 그건 그만큼 무림인들에 대해 경계하고 불신한다는 뜻이겠죠. 그런 상황에서 최강의 무기를 무림맹에 넘긴다? 무림맹이 무기를 돌려주지 않을 걸 서문경도 뻔히 알고 있을 텐데도? 아무리 당장의 공이 중요하다고 해도 그런 잠재적인 위험 요소를 그냥 넘겨줄 리가 없습니다."

"그럼요?"

"생각할 수 있는 건 하나뿐입니다. 강시가 얼마나 위험한 존재인지는 이번 일로 황궁도 똑똑히 알았을 테고 무림맹으로서도 강시를 토벌해 지지 기반을 확고히 해야만 하는 상황, 그렇게 상호 이해가 맞아떨어졌으니 우선 무림맹이 우리의 무기로 대대적인 강시 토벌에 나서기로 했을 겁니다. 그리고 강시 토벌이 끝나면 무기의 소유권은 서문가가 갖는 걸로 했을 테구요."

"그게 서문경이 무림맹에 힘을 빌려주는 조건이었을 거라는 거예요?"

"예. 모르긴 몰라도."

"이것들이 남의 물건 가지고 아주 지랄들을 하셨다는 거네요?"

"어떻게 하시겠습니까? 우리가 강시를 잡겠다고 한 이상 무림맹이야 우리를 막을 명분이 없습니다만 군대는 다릅니다. 전쟁에서 승리하는 것과 아군의 피해를 최소화하는 것, 서문경이 군대를 움직이는 데 필요한 명분으로 그 두 가지면 충분합니다."

"그러니까 우리에게 주어진 길은 두 가지라는 거네요? 순순히 무기를 넘기든가, 아니면 십만 군대와 한판 뜨든가?"

"예."

"둘 다 싫다면요?"

"허나……."

"강시처럼 체력이 무한한 것도 아니고 죽고 싶어 환장하지 않고서야 십만 군대와 맞짱 뜰 수는 없잖아요. 그렇다고 저 뻔뻔한 작자들의 손에 놀아나서 호구가 되어 주기는 죽기보다 더 싫고."

"달리 생각해 둔 것이 있습니까?"

생각해 둔 것이야 있다. 서문경이 여문기와 함께 이 방에 들어선 순간부터 생각해 둔 것이었지만, 어지간하면 그 생각을 실행에 옮기는 일이 없었으면 하고 바라고 있었다.

하지만 이젠 선택의 여지가 없다.

"어찌하실 계획이십니까?"

"오늘 날이 밝기 전에 성문을 넘습니다!"

루하의 단호하게 내뱉는 말에 모웅이 움찔한 기색으로 다시 묻는다.

"……이 길로 곧장 가서 강시를 잡자는 것입니까?"

"아까 보니까 피난민들이 계속 유입되고 있어서 성문이 항상 열려 있더라구요. 감숙으로 들어가는 건 크게 어렵지 않겠던데요?"

"허나…… 이 일은 이제 무림맹하고만 엮여 있는 일이 아닙니다. 서문경이 개입한 이상 강시를 잡는다고 해도 그 뒷일을 걱정하지 않을 수가 없습니다. 이 나라 최고 권력 중 하나와 척을 지게 되는 일이니까요. 두고두고 후환거리가 될 것입니다."

"괜찮아요. 우리 뒤엔 진천왕이 있으니까. 강시만 잡으면 자신의 권력 한 자락을 나눠 주겠다고 약속도 받았고.

그러니까 지금은 일단 강시부터 잡는 게 후환을 없애는 가장 확실한 방법인 거죠."

루하의 말에도 모웅은 여전히 찝찝함을 지우지 못했다.

그런 모웅의 마음을 충분히 짐작한다는 듯 루하가 덧붙였다.

"알아요. 정치판이랑 엮여서 좋은 꼴 보기 힘들다는 거. 하지만 어쩌겠어요? 원치 않아도 이미 엮여 버렸는데. 이왕 이렇게 된 거 가는 데까지 가 보는 거죠, 뭐."

루하의 말이 옳았다.

서문경이 끼어든 순간 원하든 원하지 않았든 이미 정치판과는 엮인 것이었다.

여기서 한 번 물러서면 이해가 부딪치는 일이 있을 때마다 그들은 쟁천표국에 두 번, 세 번 양보를 강요할 것이다. 한 번 약한 모습을 보인 상대는 철저히 밟고 소용이 다할 때까지 이용해 먹는 것, 그것이 정치꾼들의 생리니까. 그러니 지금은 나중을 걱정할 때가 아니라 일단 밀어붙여야 할 때였다.

"알겠습니다. 바로 표사들을 준비시키겠습니다."

"은밀히 움직여야 하니까 최대한 사람들 눈에 띄지 않는 곳에 집결시켜 주세요."

그리해 그 밤, 쟁천표국의 표사들은 점소이에게조차 들키지 않게 조심하며 때로는 슬그머니, 때로는 뒷간에 간다는 핑계로 숙소를 하나둘 빠져나왔다.

그리고 숙소에서부터 반 마장 거리의 야트막한 산어귀에 모였다.

이미 모웅에게 저간의 사정을 다 들어 두었던 터라 모두가 긴장한 기색이 역력했다.

당연했다.

당장 강시를 잡으러 감숙성으로 들어간다는 것만으로도 충분히 심장 떨리는 일인데 자칫 들키기라도 하는 날에는 십만 군대가 적으로 돌아설 수도 있는 상황인 것이다.

"성문 상황은 어때요?"

루하가 모웅에게 물었다.

강시 때문에 대부분의 사람들은 마을을 비운 상태였다. 그래서 성문까지 은밀히 움직이는 데는 문제가 되지 않았다. 하지만 역시 성문이 관건이었다.

때문에 성문의 상황이 어떠한지 모웅에게 한 번 더 확인을 지시했다.

모웅이 바로 대답했다.

"아까 보았던 대로 성문은 여전히 열려 있었습니다."

"병사는요?"

"일단 성문 앞 일차 진지에 이천의 백령석 방패 부대가 포진을 해 있었습니다."

"백령석 방패 부대요? 그거…… 이미 다 박살 나지 않았어요?"

"부대 병사들은 태반이 목숨을 잃었습니다만, 강시가 다른 곳으로 눈을 돌린 사이 방패는 다 회수를 했다더군요."

하긴 그 아까운 것들을 그냥 포기했을 리가 없다. 그건 무림맹도 마찬가지여서 기련산에서 잃어버린 항마팔성기를 모두 수습했다고 들었다.

"물론 임시방편으로 급조한 부대라 크게 활약을 기대할 수는 없습니다. 아마도 강시를 제압하기 위함이라기보다는 만일의 사태에 군대의 안전한 퇴각을 위해 시간을 벌기 위한 일차 저지선의 용도가 강할 겁니다. 그래서 따로 경비를 서거나 번을 세우지는 않는다 하니 우회해서 돌아가면 성문까지 이르는 데는 전혀 문제가 되지 않을 겁니다."

"그럼 성문 앞은 어떤데요?"

"번을 서는 자가 넷이고 따로 궁수는 배치되어 있지 않습니다. 어차피 강시한테는 화살이 먹히지가 않으니 당연한 조치겠죠. 번을 서는 자들도 강시에 대한 대비라기보다는 유입되는 피난민들을 단속하고 관리하기 위해 있는 자들이구요. 문제는 성문 밖입니다. 그 너머에 꽤 많은 수의 파수병들이 이중 삼중으로 진을 치고 있습니다. 어디까지나 강시의 공격에 대한 정찰과 경계가 주 임무이지만 우리가 성문을 넘는 순간 강시가 아니라 우리를 막는 것으로 그 임무가 바뀔 것이 분명합니다. 다시 말해 감숙으로 들어가려면 그들과의 마찰을 피할 수가 없다는 뜻입니다."

"흠……."

"어찌하시겠습니까? 그래도 성문을 넘으시겠습니까?"

"당연히 넘어야죠!"

장애물이 있다고 꺾일 결심이었다면 애초에 여기까지 오지도 않았다.

"허나 군부와의 직접적인 무력 충돌이 불가피한 상황입니다. 그리고 그건 단지 서문경의 제의를 거절하는 것과는 의미가 다릅니다. 조정에서 우리에게 무거운 죄를 물어올 수도 있습니다."

"진천왕의 약속을 믿어 봐야죠, 뭐."

"믿을 수 있는 사람이었습니까?"

"음…… 속은 좀 음흉해 보였지만, 적어도 말을 가볍게 하는 자 같이는 보이지 않았어요. 게다가 아직 세상에는 강시가 수두룩하고 강시를 잡을 수 있는 건 우리뿐인데 뭐가 걱정이에요?"

강시에 대비하기 위해서라도 그와 쟁천표국은 진천왕에

게 꼭 필요한 존재였다. 화청지에 자리를 마련했던 것도 이번 한 번이 아니라 지속적인 연대를 위한 사전 작업이었을 가능성이 높았다.

"진천왕야에게 있어 우리 쟁천표국은 적어도 자신의 말을 가볍게 만들면서까지 버릴 만한 패는 아니라는 거죠. 소용이 있으니까. 소용이 있는 한은, 소용이 있다 생각하는 동안에는 말이에요."

적어도 그 정도의 확신은 가지고 행동에 옮긴 것이었다.

"그렇다고는 해도 살수를 쓰는 건 안 돼요. 병사들을 최대한 안 다치게 하는 선에서 제압을 해야 해요. 다들 그 정도는 할 수 있잖아요?"

루하가 그렇게 말하며 표사들을 쓰윽 훑어갔다.

표사 진청이 히죽 웃었다.

"당연하죠. 강시도 잡는 우리가 아닙니까? 그깟 병사들 안 다치게 제압하는 것쯤이야 일도 아니죠."

표사 조인청이 그 말을 받았다.

"어린아이 손모가지 비트는 일에 설마하니 피까지 보겠습니까?"

"아무렴요. 우리 그렇게 막돼먹은 사람 아닙니다. 흐흐."

"우리가 도적도 아니고, 손에 사람 피 묻히는 건 이제 그만해야죠."

그렇게 저마다 한 마디씩을 거드는 표사들의 얼굴은 긴장으로 경직된 얼굴이 아니었다. 어느덧 본래의 여유를 되찾고 있었다.

루하의 별거 아닌 한마디가, 섬기는 사람이 건네는 믿음한 자락이 그만큼이나 사기에 영향을 주는 것이었다.

루하와 표사들은 그길로 곧장 성문을 향했다.

달은 구름에 가렸고, 궁수도 없다.

짙은 그늘 속에 몸을 숨겨 성벽을 타고 이동하자 성문 앞까지는 일사천리로 진행이 되었다.

모웅의 말대로 그 앞에는 네 명의 병사가 성문을 지키고 있었다.

다행히 일시간 피난민들의 발길도 끊겨서 피난민들에게 피해가 갈 일도 없다.

장청과 모웅, 그리고 표사 조인청과 눈짓을 주고받은 루하는 수신호로 숫자를 센 후 동시에 몸을 날려 사전에 계획한 대로 각자 병사 하나씩을 맡아 수혈을 짚었다.

그리해 번을 서는 네 명의 병사들을 모두 제압한 루하는 그 즉시 망루를 향해 몸을 날렸다.

"엇?"

눈앞을 스치는 희끗한 그림자에 놀라 망루를 지키던 병사가 다급한 침음성을 삼켰지만, 그뿐이었다. 그 희끗한 그림자가 무언지 확인할 새도 없이 뒷덜미에서 느껴지는 찌릿한 통증과 함께 의식을 잃고 픽픽 쓰러졌다.

그렇게 망루의 병사들마저 모두 제압한 루하는 성문으로 내려와 대기하고 있던 표사들을 불렀다. 그리고 지체하지 않고 성문을 넘었다. 아니, 넘으려 했다.

"어디들 그리 바삐 가시는가!"

등 뒤에서 들려온 쩌렁쩌렁한 일갈에 흠칫 놀라 뒤를 돌아보니 거기에는 서문경이 서 있었다.

서문경만이 아니다. 서문경의 뒤로 군사들이 빼곡히 진을 치고 있었다.

그건 성문 밖도 마찬가지였다.

서문경의 일갈을 신호로 멀리 매복해 있던 군사들이 성문 밖을 겹겹이 에워싼다.

'들킨…… 건가?'

서문경에게 이미 수를 읽혀 버린 모양이었다.

"여 장문인게 만일을 대비해야 한다는 말을 들었을 때만 해도, 그대가 이렇게도 겁이 없는 자일 거라고는 내 믿지 않았거늘……."

그러고 보니 서문경의 옆으로 득의한 웃음을 흘리고 있는 여문기가 보였다.

'때리는 시어미보다 말리는 시누이가 더 밉다더니만…….'

언제 한번 날 잡아서 저 밉살스러운 얼굴에 주먹이라도 박아 주고 싶다.

하지만 그것도 서문경의 화부터 가라앉힌 다음에야 기약할 수 있는 일이다.

"그대는 정녕 나와의 약조를 어기고, 이런 터무니없는 일을 벌이고도 무사할 수 있을 거라 생각했나? 그대의 눈에는 나 서문경이 그토록 가소로이 보였단 말인가?"

서문경의 목소리는 엄했다.

곤두선 분노는 그만큼 살벌했다.

지금은 어떻게 해서든 서문경의 화를 가라앉히는 게 우선이었다. 그 앞에 납작 엎드려서라도 일단 이 난감한 상황을 벗어나야 했다.

아무렴 십만 군대와 싸울 수는 없는 노릇 아닌가.

그런데,

"저는 장군님과 그런 약조를 한 적이 없습니다만?"

납작 엎드려도 모자랄 판국에 왜 이런 물색없는 대꾸가 튀어나오는지 모르겠다.

"뭐라?"

저 보란 말이다.

'이런 시건방진 놈이!' 라는 표정으로 발끈하는 저 성난 얼굴을.

당장에라도 저 입에서 '전군 공격!'이란 말이 튀어나올 것 같지 않냔 말이다.

그런데 대체 왜?

"저희가 이곳에 온 건 고통받는 사람들을 위해 이 한 몸 살신성인하는 마음으로 온 것인데, 이건 뭐 물에 빠진 놈 건져 놓으니 보따리 내놓으란 격도 아니고, 당신들의 전공을 위해 왜 우리가 우리 물건을 내놓아야 하는지 정말 납득을 못 하겠다, 이 말입니다. 무림맹이 여기에 있는 것도, 군대가 여기에 있는 것도, 또한 우리가 여기에 있는 것도 모두 강시를 잡기 위함이고, 셋 중에 그나마 우리가 강시를 잡는 데는 좀 더 익숙하고 능력이 좋아서 강시를 잡으러 가겠다는 건데 왜 강시를 못 잡게 앞길을 막냐, 이 말입니다."

왜 이렇게 울화가 치밀어 오르고, 그 울화를 내뱉지 않고는 참을 수가 없는지 모르겠다.

'에라이! 이젠 정말 모르겠다!'

이왕 이렇게 된 거 될 대로 되라지!

"강시 그까짓 거 잡아다 주겠다고요. 우리가 잡아다 주겠다니까요? 그러니까 그걸로 공을 세우든 나누든 찜 쪄 먹든 알아서들 하시고 길이나 비키란 말입니다!"

결국 질러 버렸다.

서문경의 군대가 자신들을 에워쌌을 때만 해도 덜컥 심장이 내려앉을 지경이었는데, 이렇게 질러 놓고 보니 아주 속이 다 시원했다.

오기도 치솟고, 호기도 치솟는다.

십만 대군도 까짓 상대 못 할 게 뭐 있냐는 기분마저 든다.

그건 표사들도 마찬가지인 모양이었다.

처음에는 다들 겁에 질린 기색이 역력했는데, 루하가 전혀 굴하지 않고 대차게 나가자 다들 거기에 동조해서 같이 '될 대로 되라지.' 하는 마음으로 전의를 태운다.

그런 그들의 모습이 황당하고 어이없는 서문경이다.

"이놈들이…… 네놈들이 정녕 그 알량한 명성만을 믿고 나라의 군대도 우습게 보는구나!"

이미 건널 수 없는 강을 건넜다.

당장에라도 공격 명령을 내릴 듯이 격분해서 거친 숨을 토해 낸다.

그야말로 일촉즉발의 순간!

하지만 서문경의 입에선 그 마지막 명이 떨어지지 않았다.

돌이킬 수 없는 사태가 벌어지려는 그 찰나에, 갑자기 뒤에서 급박한 소란이 일어나는가 싶더니 그 속에서 누군가가 외쳤다.

"철기대다! 국경의 철기대가 왔다!"

외침이 있고 서문경의 군사들이 좌우로 갈라진다.

그리고 그 사이로,

다그닥다그닥, 다그닥다그닥—

묵직하면서도 날렵한 말발굽 소리와 함께 철갑을 두른 한 무리의 기마대가 나타났다. 기마대의 뒤로 같이 온 수만 명의 병사들도 보였는데, 하나같이 예사롭지 않은 눈빛을 하고 있었다.

철기대라면 루하도 알고 있다.

이 나라에서 가장 강한 군대를 꼽자면 뭐니 뭐니 해도 북방을 지키는 국경 수비대였다. 훈련으로 단련된 중앙군과는 달리 숱한 전투 속에서 실전으로 단련된 그들의 강함이란 것은 일류와 이류를 가름하는 것만큼이나 차이가 있었다.

그런 국경 수비대 중에서도 철기대는 특별한 존재였다.

비할 수 없는 강함과 잔혹 무비함으로 북방 일대에선 그야말로 공포의 대상으로 여겨지고 있었다. 그 무시무시한 전쟁귀들이 난데없이 이곳에 나타난 것이다.

그렇게 모두의 이목이 철기대에 집중된 가운데, 기마대의 선두를 이끌던 장수가 말에서 내렸다.

저벅저벅—

머리에서부터 발끝까지 철갑으로 무장한 사내의 존재감이란 실로 대단했다. 그 별것 아닌 걸음에서조차 주위를 압도하는 패기가 느껴진다.

그렇게 서문경의 앞으로 다가온 사내가 투구를 벗었다.

투구를 벗자 드러난 얼굴은 순간 모두의 눈을 휘둥그레 뜨게 만들었다.

철기대의 이름, 그리고 주위를 압도하는 패기와는 전혀 어울리지 않게도 그 속에서 드러난 얼굴은 정말이지 선이 곱고 미려한 미장부의 것이었기 때문이다.

"소장 곽정이 서문 대장군을 뵙습니다."

사내가 절도 있는 동작으로 한쪽 팔을 가슴에 붙이고는 고개를 숙였다.

서문경이 당혹감 위로 경계하는 눈빛을 드러내며 곽정에게 물었다.

"국경을 지켜야 할 곽 장군이 여긴 어인 일이신가?"

"저희 철기대에게 이곳의 병권을 인계받으라는 병부의 명을 받고 왔습니다."

"그게 무슨 말인가? 병권을 인계받으라니? 허면 나더러 여기서 군사를 물리란 말인가?"

"예."

"대체 누가? 누가 그런 명을……?"

"그야 병부의 수장이신 병부상서 어르신이 아니겠습니까?"

순간 서문경의 눈이 불쾌히 꿈틀거렸다.

현 병부상서는 진천왕 주세양이 겸직을 하고 있었다.

"허나 나는 조정의 영수이신 태사의 명을 받고 이 자리에 있는 것이다!"

그리고 현 조정의 태사는 서문가의 수장이 맡고 있었다.

하지만 곽정은 조금의 흔들림도 없었다.

"태사께서 조정의 영수이긴 하나 군은 어디까지나 병부의 소관이고 병부의 모든 통솔권은 병부상서에게 있는바, 군에 관한 것은 태사보다 병부상서의 명이 우선한다는 것은 대장군께서도 잘 알고 계시지 않습니까?"

"……."

곽정의 말은 한 치의 틀림도 없는 것이었다.

아무리 그가 진천왕과는 숙적의 관계에 있는 서문가의 사람이고 태사의 명을 받아 이곳에 있는 것이라고 해도, 그 소속만큼은 병부에 소속된 군관이었다. 그런 이상 합당한 이유 없이 병부상서의 명을 거부할 수는 없는 일이었다.

"교서는?"

곽정이 교서를 내밀었다.

그것을 받아 읽어 보니 곽정의 말대로 철기대에 병권을 인계하라는 병부상서 진천왕의 명이 적혀 있었다. 그런데, 교서를 읽어 내려가던 서문경이 문득 눈에 이채를 띠며 따지듯 물었다.

"여기에는 병부상서의 인장이 없지 않은가?"

아닌 게 아니라, 병부상서 주세양이란 이름 옆에는 당연히 있어야 할 인장이 없었다.

"병부상서께서 인장은 여기서 직접 받으라 하셨습니다."

"그게 무슨 말인가? 여기서 인장을 직접 받으라니? 대체 누구한테?"

의아해하는 서문경으로부터 다시 교서를 받아 든 곽정이 주위를 둘러본다. 그러다 루하에게 이르러 잠시 멈칫하더니 이내 성큼 루하에게로 다가가 묻는다.

"쟁천표국의 정루하 국주님이십니까?"

이 난데없는 상황에 서문경만큼이나 어리둥절해 있던 루하가 얼떨결에 대답했다.

"그……렇습니다만?"

"이 교서에 인장을 찍어 주시겠습니까?"

서문경이 그렇게 말하며 루하에게 교서를 내밀었고, 루하는 더욱 어리둥절해져서는 멀뚱히 그 교서를 내려다보았다.

"이걸 저한테 왜……?"

"그분께서 인장을 국주님께 맡기셨다 들었습니다만?"

"그분이시라면…… 아, 혹시 진천왕야를 말씀하시는 것입니까?"

"예. 그분께서 현 조정의 병부와 형부의 수장을 겸하고 계십니다. 그리고 제 장인이시기도 하구요."

"아……."

그제야 루하는 이 곽정이 누군지 알았다.

언젠가 현천상단의 의뢰로 국경 수비대에 군량미를 전달했을 때, 그 수비대의 대장이 진천왕의 둘째 사위라고 했던 것도 기억이 난 것이다.

이 사내가 누구인지 알게 되자 이 난데없는 상황들이 한순간에 다 이해가 된다.

"그럼 혹시 인장이라는 게 이겁니까?"

루하가 주섬주섬 품속을 뒤져 꺼내 든 것은, 혹시나 만일의 사태에 조금이라도 도움이 되지 않을까 싶어서 따로 챙겨 두었던 진천왕 주세양의 신패였다.

"예. 여기 이 밑동을 열면 이렇게 병부상서의 인장이 나타나는 것이지요."

"……."

그저 단순한 신패로 생각했다.

어디 가서 거들먹거릴 때 명함처럼 써먹으라고 그렇게 그에게 준 것이라 생각했다. 그래서 신패에 그런 장치가 되어 있는 줄은 꿈에도 몰랐다.

'이게 병부상서의 인장일 줄 내가 어떻게 알았겠냔 말이지.'

주세양이 말했던 '권력의 맛'이란 것이 설마하니 이 나라 병권일 줄이야, 그가 어찌 상상이나 했겠는가 말이다!

'이 미친 노인네가 장난질을 쳐도 정도껏 쳐야지……'

일면으로는 황당하지만 일면으로는 놀림을 당한 것도 같다.

하지만 화는 나지 않았다.

자칫했으면 십만 대군과 맞붙어야 했을지도 모르는데, 덕분에 그런 최악의 상황만은 면하게 된 것이 아닌가.

"여기다 그냥 도장만 찍으면 됩니까?"

"예."

혹시라도 상황이 변할까 루하는 지체하지 않고 교서에 도장을 찍었다.

그 황당한 상황을 그저 멀뚱히 지켜보고 있던 서문경이 그제야 정신을 수습하고는 버럭 일갈을 질렀다.

"대체 이게 무슨 장난질인가!"

서문경의 일갈에 루하로부터 인장이 찍힌 교서를 받아

든 곽정이 태연히 물었다.

"왜 그러시는지요?"

"병부의 인장을 어찌 저런 자에게 맡길 수 있냔 말이네! 왕야께서 장난이 너무 지나치신 것이 아닌가! 나는 이 따위 교서는 절대로 인정할 수 없네!"

"인정할 수 없다? 그 말씀은 병부상서 어르신의 명을 따르지 않겠다는 뜻입니까?"

"당연하네! 저런 자가 찍은 인장을 인정한다면 이 나라 군부의 권위가 땅에 떨어질 것인즉, 내 어찌 그 명을 받들 수 있단 말인가!"

"허나 이는 분명 병부상서의 명이십니다. 저는 그 명을 받들고 이곳까지 달려온 것이구요. 허니, 저는 무슨 수를 써서라도 그 명을 받들 수밖에 없습니다. 상명하복은 어떠한 경우라도 목숨으로 지켜야 하는 것이 군인이니까요."

"자네가 지금 나와 무력 충돌이라도 하겠다는 겐가!"

"그리해야만 하는 것이라면 그리해야지요. 어떠한 명이라도 목숨으로 지켜야 하는 것이 군인인 만큼 그 명을 지키지 않는 자에 대한 징벌 또한 목숨으로 받아 내는 것이 군율이고 군법인 것은 대장군께서 더 잘 알고 계시지 않습니까?"

"이……!"

서문경의 눈빛이 살벌해졌다.

얼굴은 흉흉하게 일그러졌고, 곽정을 쏘아보는 눈은 당장이라도 철기대와의 전쟁을 선포할 듯이 분노로 이글거렸다.

하지만 그뿐이었다.

그 살벌한 분위기와는 달리 정작 서문경의 굳게 닫힌 입에선 어떠한 말도 튀어나오지 않았다.

교서에 적힌 내용대로라면 이곳에 집결한 철기대는 무려 삼만 명이었다. 머릿수로만 따지면 자신의 군대에 비해 삼분지 일도 되지 않는 수지만, 철기대의 강함은 단지 머릿수로 따질 수 있는 것이 아니었다.

철기대 삼만이면 삼십만 군대로도 승리를 장담할 수 없다. 그만큼 강한 군대다.

어디 그뿐이랴.

이 눈앞의 젊고 아름다운 장수로 말할 것 같으면 생긴 것과는 달리 턱없이 불리한 전쟁에서 단 한 번의 패배도 없이 숱한 무공을 세워 온, 그리고 숱한 전설을 만들어 온 그야말로 이 나라 최고의 무장이다.

철기대 삼만과 곽정.

이길 수 없다.

열 번을 싸운다 해도 열 번을 지는 싸움이다.

자존심 하나 때문에 지는 전쟁에 임할 만큼 서문경은 혈기방장하지 않았다.

　지금 그가 할 수 있는 일은 그저 지금의 굴욕과 분노를 곱씹어 삼키며 다음을 기약하는 것뿐이었다.

第四章

성문을 열어라!

　산서성 국경 수비대, 일명 철기대 대장 곽정.

　북방의 오랑캐들에겐 지옥의 혈랑(血狼)으로 불리는 죽음과 공포의 대명사.

　고작 나이 열두 살에 이름 없는 군졸로 입대해 모두 칠백 번의 크고 작은 전투를 치렀고, 그 속에서 혁혁한 전공을 세워 나이 스물다섯에 국경 수비대의 대장이 되었다. 그 후로 사 년 동안 총 삼백예순 번의 전투를 더 치러 단한 번도 패한 적이 없는 입지전적인 인물이 바로 이 눈앞의 사내다.

　그러고 보면 진천왕의 맏사위인 이덕량도 아무 배경 없

이 스스로의 힘으로 부정과 비리가 난무하는 과거 시험에서 장원을 먹었다고 했으니 둘은 비슷한 면이 있다.

'근데 인물은 왜 이렇게나 차이가 나는 거지?'

가볍다 못해 푼수 같아 보이던 이덕량과 그저 가만히 앉아 있는데도 사람을 절로 긴장하게 만드는 곽정.

생긴 것도 하늘과 땅 차이다.

이덕량은 길을 가다 우연히 마주쳐도 모르고 지나칠 만큼 흔해 빠진 인상인 데다 배도 좀 나오고 턱살도 좀 붙은 것이 전형적인 관리의 인상인 것에 반해, 곽정은 무관이란 것이 믿기지 않을 만큼 반듯하고 선이 고우며 일면으로는 여인의 그것처럼 청초한 느낌마저 있었다.

그런데도 신기한 것은 붓보다는 허리에 찬 칼이 더없이 잘 어울리고 그윽한 묵향보다는 비릿한 혈향을 먼저 연상시킨다는 것이다.

그렇게 루하가 곽정의 묘한 분위기에 취해 있을 때, 곽정이 물었다.

"이제 어떻게 하실 생각이십니까?"

"어떻게 하다뇨?"

"강시를 잡는 것 말입니다. 장인의 명이 있어 이곳으로 달려오긴 했지만, 국경을 오래 비워 둘 수는 없는 노릇입니다."

"그러니 빨리 잡아 달라구요?"

"예."

"뭐, 저도 미적댈 생각은 없어요. 어차피 들키지 않았으면 벌써 강시 있는 곳으로 달려갔을 테니까요. 그래도 이왕 이렇게 된 거 하루 정도는 푹 쉬면서 정비를 해야겠죠. 생사대적을 앞에 두고 마음도 좀 새롭게 해야 하고. 지금 강시가 있는 곳이 서화(西和)라 했죠? 내일 묘시를 기해서 서화로 출발하겠습니다."

"얼마나 걸리겠습니까?"

"얼마가 걸리나 마나, 성공할지 못 할지도 자신할 수 없는 일입니다만?"

"성공할 겁니다!"

곽정의 확언에 루하가 살짝 어이없어하며 물었다.

"나도 자신할 수 없는 일을 장군께선 어찌 그렇게 자신하시는 거죠?"

"장인이 그리 믿으시니까요."

"……"

"황제의 재가 없이 임의로 국경 수비대를 움직이셨습니다. 아무리 군부의 병권이 병부에 있고 병부의 명령권이 수장인 병부상서에게 있다 하더라도 이는 장인께도 큰 모험이고 도박입니다. 우리 철기대가 빠져 있는 사이 국경이

침범을 당하기라도 하는 날에는 그 책임이 무거운 것은 물론이고, 정적들에게 장인을 공격할 수 있는 절호의 기회를 주게 되는 것이니까요. 그런데도 그런 위험을 감수하면서까지 저를 이곳에 보낸 것입니다. 오직 정 국주에게 힘을 실어 주려고 말입니다. 제 장인은 강시를 잡을 수 있다는 확신도 없는 일에 그 같은 도박을 하실 분이 절대로 아니십니다."

"그러니까 대체 저의 무엇을 믿고 그런 확신을 가지냔 말입니다. 고작해야 화청지에서 잠깐 얼굴 한 번 본 것뿐인데. 게다가, 말이 나왔으니 말입니다만 대체 병부의 인장은 저한테 왜 주신 거랍니까? 그렇게 함부로 막 굴릴 물건은 아니잖아요? 강시를 잡는 일이 무엇보다 우선하는 일이라고 해도, 그래서 그 중대사를 위해 날 돕고자 하는 것이라고 해도, 인장이야 그냥 곽 장군님한테 맡겨도 되는 건데 왜 굳이 나한테 그런 걸 줘서 사람 황당하게 하냔 말입니다. 장난도 정도가 있는 거지, 대체…… 무슨 악취미랍니까?"

루하의 말투는 듣기에 따라선 상당히 건방지고 무례한 것일 수도 있었다.

원래 태생부터 예의와는 그렇게 가깝게 지내고 살지 않은 탓도 있지만, 사실 아까 놀라 까무러칠 뻔했던 걸 생각하면 아직도 울컥 화가 치밀어 올랐기 때문이라고도 볼 수 있었다. 다행히 곽정은 그런 데에는 크게 개의치 않았다.

"그분의 속마음이야 저도 알지 못합니다. 가끔 그렇게 짓궂은 일을 벌이시는 바람에 저도 몇 번 크게 곤욕을 치르곤 했죠. 하지만…… 병부의 인장을 가벼이 생각하실 분은 절대로 아닙니다. 그걸 얻기 위해 흘린 피와 대가가 너무도 컸으니까요. 물론 정 국주의 말씀대로 짓궂은 장난일 수도 있고 단순한 악취미일 수도 있습니다. 아니면 그분에게 어떤 다른 생각이 있었던 것일 수도 있습니다. 하지만 분명한 것은 맡길 만한 사람이기에 맡겼을 거라는 사실입니다."

"그러니까 최소한 내가 병부의 인장으로 허튼짓할 놈은 아닐 거라 판단했다?"

"병부의 인장을 충분히 지켜 낼 수 있는 사람이라고도 판단하신 것일 테구요."

"그러니까 대체 날 얼마나 봤다고……."

다시 울컥해서 짜증을 토해 내던 루하가 이내 체념하듯 입을 닫았다.

당사자도 없는데 곽정에게 따져 본들 무슨 소용이랴 싶은 것이다.

"아무튼 얼마가 걸릴지는 장담 못 해요. 진천왕야께서

절 그렇게까지 믿어 주신다니 황송해서 몸 둘 바를 모르겠습니다만, 저는 뭐 그렇게 저 스스로에 대한 믿음이 강한 놈은 아니라서요. 일단 확인부터 해 봐야죠. 얼마나 강한 놈인지. 잡을 만한 놈인지 아닌지."

"만일 잡을 만한 놈이 아니라면 어찌하시겠습니까?"

"아까는 반드시 강시를 잡을 수 있을 거라 믿는다면서요?"

"십 할의 승률을 가지고 나선 전쟁도 패할 때가 있습니다. 만일의 경우를 대비하지 않는 장수는 수하들을 지킬 수 없습니다."

하긴, 세상사가 어디 생각대로만 흘러갈까.

이 곽정이란 사내가 무패의 장수가 될 수 있었던 것도 이렇듯 십 할의 승률을 가지고도 만일을 대비했기에 가능했던 것이리라.

"잡을 만한 놈이 아니라면…… 당연히 뒤도 안 돌아보고 토껴야죠. 그렇게 해서라도 목숨 부지할 수만 있다면 야."

"그렇게 간단히 생각할 일은 아닌 것 같습니다만? 이미 서문가에 톡톡히 밉보여 버린 데다가 장인의 믿음마저 저 버린다면 쟁천표국이 이 땅에서 발붙이고 사는 게 그리 만만치가 않을 것입니다."

협박이 아니다.

곽정은 정말로 있는 사실을 한 점 과장도 없이 말하고 있었다.

하지만 루하의 반응은 시큰둥했다.

"그딴 건 상관없어요. 여기서 정 살기 뭣하면 다른 데 가서 살면 되니까. 신강이든 서역이든 북해든 동이든 좀 불편하기야 하겠지만, 돈 있고 능력 있는데 어디 간들 내 사람들 굶기기야 하겠습니까? 문제는 과연 그럴 기회조차 있겠냐는 거죠. 강시를 잡는 데 실패하면 아예 토낄 기회조차 없을걸요? 그 포악한 성질에 제 놈을 건드린 우리를 그냥 놓아줄 리가 없으니까."

죽느냐 죽이느냐.

결국 선택지는 그것뿐이다.

그러니 서문경이고 진천왕이고 신경 안 쓴다. 지금 루하에겐 강시를 잡지 못했을 때의 후환까지 걱정할 여유 따윈 애당초 없었다.

루하의 말에 곽정도 더 이상 토를 달지 않았다.

죽기로 싸우려는 자에게 살아남은 다음의 일을 묻는 것은 예의도 도리도 아니다.

"내일 묘시라 했지요? 허면 저도 그리 알고 준비하겠습니다."

곽정의 말에 루하가 눈살을 찌푸렸다.

"준비를 하다뇨? 뭘 말입니까?"

"당연히 강시에 대한 준비입니다만?"

"설마…… 같이 가시겠다고요? 여기에 안 있고?"

"제가 받은 명은 병권의 인계만이 아닙니다. 쟁천표국이 강시를 잡는 데 도울 수 있는 최대한의 힘을 보태라는 것도 포함이 되어 있었습니다. 그러니 당연히 저희 철기대도 서화로 갈 것입니다."

곽정의 의지는 확고했다.

하지만 그 확고함이 루하는 곤란했다.

최대한 돕겠다지만 강시를 상대로 과연 철기대가 도울 일이 있을까?

아무리 철기대가 국경에서 무패를 자랑하는 막강 부대라 해도 강시가 뿌려 대는 권풍 앞에서는 추풍낙엽으로 쓸려 갈 게 뻔했다. 도움은커녕 괜한 죽음만 늘어날 뿐인 것이다.

그런데도 루하는 곽정을 말리지 않았다.

"그럼 뭐 정비를 마치는 대로 같이 출발하도록 하죠."

말린다고 들을 사람도 아니거니와 쟁천표국은 쟁천표국이 해야 할 일만 하면 그뿐이다.

방해만 되지 않는다면야 철기대가 어찌 되든 내가 상관

할 바가 아니니까.

'그보다…….'

서화로 떠나기 전에 마무리 지어야 할 일이 있다.

곽정과 앞으로의 계획에 대해 대강의 상의를 마친 루하는 곧장 자리에서 일어섰다.

그길로 그가 향한 곳은 여문기의 막사였다.

"지금…… 뭐라 했소?"

여문기가 황당함과 분노가 뒤섞인 표정으로 루하를 본다.

루하는 그런 여문기를 보며 단호한 목소리로 다시 한 번 말했다.

"다시는 내 앞에 얼굴을 들이밀지 말라 했습니다."

"감히 지금 나더러……."

"당신한테 하는 말이 아닙니다. 난 지금 무림맹에게 말하고 있는 것입니다."

"뭐라?"

"앞으로 다시는 무림맹과 얼굴을 마주하지 않을 것이니 날 찾아오지 마십시오. 그게 어떤 이유든, 어떤 명분이든, 어떤 목적이든! 나는! 나 삼절표랑 정루하와 우리 쟁천표국은 향후 무림맹이 하는 모든 일에 불참할 것이니까! 아시겠습니까?"

"네놈이 실성을 한 게로구나! 진천왕이 네놈의 뒷배를 봐준다고 정녕 보이는 것이 없는 게냐!"

"당신네들이 날 미치게 만들었잖아! 내 물건 도둑질하려 한 것도 당신들이고, 군대를 끌어다 개수작 부린 것도 당신들이고! 앞으로 나한테 다시는 그런 개수작 부릴 생각하지 말라는 말이야!"

"이놈! 네놈이 정녕 죽고 싶은 것이냐!"

"죽일 수 있으면 죽여 보시든가! 생사투를 원한다면 당장 이 자리에서라도 내 기꺼이 응해드리죠!"

루하는 조금도 물러서지 않았다.

아예 막가기로 작정을 하고 온 것이었다.

생각하면 할수록 분통이 터졌다.

무림맹이란 이름 때문에 참고 넘어갈까 생각을 안 한 것도 아니지만, 달리 생각해 보니 강시라는 생사대적과의 예측할 수 없는 한판 승부를 앞둔 상태였다.

당장 며칠 후면 황천길을 건너게 될지도 모를 판국에 무림맹이고 뭐고 간에 그딴 걸 두려워할 이유가 뭐 있냐 싶었던 것이다.

그래서 지금 그가 토해 내는 말은 허세도 협박도 아니었다.

마음속 모든 말을 거침없이 내뱉고 있었다. 물론 기꺼이 생사투에 응하겠다는 말도 진심이었다. 심지어 여문기가 대차게 나오기를 내심 바라기까지 했다. 그래서 아예 이 자리에서 마음속 온갖 더러운 감정들을 다 털어내 버리고 싶은 심정이었다.

그만큼 루하의 기세는 사나웠다.

루하가 누군가.

팔공산의 사왕을 죽였고 군웅일왕채를 몰살시켰으며 그 자리에서 홀로 강시를 때려잡았다. 거기다 일수에 산을 날려 버리기까지 했다.

물론 그 소문을 다 믿는 것은 아니지만 그러한 소문만으로도 여문기의 말문을 닫게 하기에는 충분한 힘이 있었다.

그렇게 여문기의 기를 눌러 버린 루하가 지금까지보다는 차분해진 말투로, 그렇지만 보다 더 또렷하게 한 자 한 자 힘주어 말을 이었다.

"다시 한 번 말씀드리지만, 앞으로 무림맹이 하려는 그 어떤 일에도 우리 쟁천표국은 참여하지 않습니다. 그러니 만날 일도 없습니다. 이렇게 말씀을 드렸는데도 무림맹이 또다시 쟁천표국을 가지고 장난질을 하려 한다면 그땐 맹세코 이번처럼 그냥 넘어가는 일은 절대로 없을 것입니다!"

그걸로 할 말을 모두 마친 루하는 그대로 몸을 돌렸다. 그런 자신의 등으로 여문기의 악의 가득한 살기가 진득하게 느껴졌지만 무시했다.

자신의 등에 칼을 날릴 수 있는 자였다면 생사투를 운운했을 때 이미 모욕감을 참지 못하고 칼을 뽑아 들었을 것이다.

구파일방의 장문인이라고 해 봐야 여문기라는 사내는 고작 그 정도의 인물일 뿐인 것이다.

그리해 익일 묘시 섬서성 서문(西門) 앞, 막 산등성을 넘은 해가 빛 무리를 뿌려 대는 그 아래에 쟁천표국을 필두로 강시 진압대가 자리를 잡고 있었는데 그 위용이 대단했다.

특히 쟁천표국 표사들을 호위하듯 에워싼 채 도열해 있는 철기대 기마 부대는 면면히 흐르는 긴장감 속에 거칠고 강한 기도를 뿜어내며 주위를 압도하고 있었다.

"그럼 갈까요?"

루하의 물음에 진압대의 선두에서 그와 나란히 선 곽정이 고개를 끄덕였다.

목적지는 이곳에서 이틀 거리의 서화.

목표는 폭주 강시.

그리해 서화를 향해 대병력이 섬서성 서문을 넘었다.

그렇게 들어선 감숙성은 듣던 대로 더 이상 사람 사는 곳이 아니었다.

섬서성과의 접경 지역은 그래도 아직 폭주 강시로부터 피해를 입지 않은 곳인데도 인기척 하나 느껴지지 않을 만큼 적막하고 을씨년스러웠다.

전부 다 이미 마을을 버리고 피난을 떠나 버린 때문이었다.

그것만 봐도 감숙성의 상황이 어떠한지 충분히 짐작할 수 있었다.

새삼 폭주 강시의 공포가 피부를 차갑게 훑어간다.

강시 진압대의 면면에 들어찬 긴장감도 더한층 짙어졌다.

걸음은 조심스럽고 토해 내는 숨결이 무겁다. 그러한 행보가 반나절 가량 이어지던 때였다.

저 멀리서 어떠한 인형 하나가 강시 진압대를 향해 달려와 곽정의 앞에 한쪽 무릎을 꿇으며 부복했다. 행색으로 보아 강시를 살피기 위해 앞서 보낸 척후병인 듯했다. 그런데 어쩐 일인지 상당히 다급한 기색을 하고 있었다.

"장군! 큰일 났습니다!"

"무슨 일인가?"

"정서(鄭西)에서 서화로 이동했던 강시가 갑자기 방향을 바꾸었습니다!"

"뭐? 방향을 바꾸다니? 대체 어디로?"

"탕창(宕昌)입니다!"

"뭐? 탕창이라니? 허면 강시의 다음 목표가 섬서가 아니라 사천이 될 수도 있다는 말인가?"

"예!"

"이런!"

순간 곽정의 표정이 일그러졌다.

십만 대군을 이끌고 있던 서문경을 앞에 두고도 눈썹 하나 까딱하지 않던 곽정이건만, 이 순간 그 다급한 눈빛에 깃든 것은 당혹감이었다.

루하는 의아했다.

강시의 발길이 닿는 곳은 어디가 되었든 철저히 부서지고 망가지기 마련이다. 그것이 섬서에서 사천으로 바뀌었다고 해서 새삼 저렇게 당혹감을 드러낼 이유가 뭐가 있단 말인가?

"왜 그러십니까? 강시가 사천으로 가면 안 되는 이유라도 있습니까?"

"사천은…… 지금 피난민을 받지 않고 있습니다."

"예? 피난민을 받지 않다뇨? 제가 듣기로는 사천의 북

문 인근에 있는 피난민만 해도 수십만 명은 된다 하던
데……."

"피난민들이 급격하게 밀려들자 치안과 관리의 문제를
들어 사천성의 포정사가 피난민을 들이지 말라 했습니다."

"그럼 거기로 몰려든 피난민들은요?"

"더러는 섬서로 길을 돌리기도 했습니다만, 워낙에 먼
거리다 보니 대부분은 북문 앞에서 문을 열어 주기만을 기
다리고 있는 걸로 알고 있습니다."

"그게 무슨…… 그럼 강시가 이대로 탕창을 넘으면 수
십만 명의 피난민들이 속수무책으로 떼죽음을 당할 수도
있다는 거예요?"

그제야 왜 곽정이 그토록 당혹감을 드러냈는지 알았다.

강시가 섬서로 오는 중에 방향을 틀었던 것처럼 이번에
도 방향을 틀어 준다면 다행이지만, 그렇지 않다면 그 많
은 피난민들은 흉포한 맹수 우리에 내던져지는 거나 다름
없었다.

"하긴, 그렇게까진 되지 않겠죠. 강시가 그쪽으로 향하
고 있다는 소식이야 그들도 들을 테고, 그럼 강시가 도착
하기 전에 피난민들을 안전한 곳으로 대비시키겠죠."

"그런다면야 다행한 일이긴 합니다만, 사천성은 좌우 포
정사 간에 워낙 알력 다툼이 심한 곳이라……. 게다가 다

른 성의 일은 철저하게 책임에서 자유로운 것이 이 나라 법이기도 하고."

"그럼 이런 와중에도 그깟 권력 싸움 때문에 피난민들을 저대로 사지에 둘 수도 있다는 말입니까?"

"지금으로서는 어떤 것도 장담할 수 없습니다. 그러니 서둘러야 합니다. 강시가 사천성 북문에 닿기 전에 먼저 우리가 잡는 것이 최선입니다."

결정이 나자 곽정은 지체 없이 철기대를 돌렸다.

사태의 심각성을 깨달은 루하도 표사들을 이끌고 탕창으로 길을 돌렸다. 그러는 중에도 설마 했다.

'아무리 이 나라 벼슬아치들이 죄다 똥내 나는 인간들이라고 해도, 그 많은 피난민들을 그대로 그냥 둘 리가 없잖아?'

그래도 사람일 텐데, 아무렴 그렇게까지 알차게 개념 없을 리가 없지 않은가?

*　　　*　　　*

"뭐라구요?"

사천성 북문 수비대의 부대장을 맡고 있는 정천호(正千戶) 전중(全仲)은 그의 상관인 이일민(李逸敏)을 보며 무슨 말도 안 되는 소리냐는 듯 눈을 부릅떴다.

"강시가 이미 탕창을 지났다지 않습니까? 그 속도를 보면 이제 고작 한나절 거리입니다. 한데 피난민들을 들일 수 없다니요? 저 아래 피난민들이 안 보이십니까? 저들을 다 죽게 내버려 두기라도 하라는 말씀입니까?"

"포정사의 명이 그러한 걸 난들 어쩌란 말인가?"

"그러니까 왜 그딴 명이 내려졌느냐 말입니다! 좌포정사야 피난민들의 유입을 줄곧 반대해 오셨다지만, 우포정사는 받아야 한다는 입장이었잖습니까?"

강시가 지척에 이른 지금이라면 우포정사의 발언이 더 강할 수밖에 없다.

"이번만큼은 우포정사의 뜻도 좌포정사와 다르지 않았네."

"예? 그게 무슨……?"

"자네 말대로 이제 고작 한나절 거리네. 그리고 우리가 받아야 하는 피난민의 수는 이십만 명이 넘고. 그 많은 인원을 한나절 만에 다 들이는 건 현실적으로 불가능하지 않은가?"

"그게 어찌 불가능한 일입니까? 성문을 모두 개방해서 받으면……."

"지금 무슨 소릴 하는 겐가? 그 안에 도적도 있고 살인

자도 있을 텐데, 가리지 않고 다 받았다가는 그 후환을 어찌하려고?"

"지금은 후환을 걱정할 때가 아니지 않습니까? 일단 사람들부터 살려야지요!"

"후환을 걱정하지 말라니? 말도 안 되는 소리! 아무나 막 들였다가 차후에 문제가 생기면 그 뒷감당은 누가 하고? 우포정사께서 지금까지 피난민을 받자고 하시긴 했지만, 그것도 어디까지나 신원을 확실하게 가려서 받아도 되는 자들만 받는다는 전제하에서였네. 지금은 도저히 그럴 상황이 되지 않아서 피난민들을 들이면 안 된다 하신 것이고."

이일민의 말에 전중은 그저 어이없고 답답할 뿐이다.

결국 다들 자신의 자리를 걱정해서 저 많은 피난민들을 사지로 내몰려는 것이 아닌가.

하지만 새삼스럽지는 않았다.

지금껏 그가 모셨던 상관, 보았던 벼슬아치 중에 그렇지 않은 자가 없었으니까.

그 자리를 차지하기 위해 퍼부은 돈만큼 그 자리를 지키기 위해 필사적인 것이 이 나라 관리라는 족속들이니까.

"허면…… 신원을 가려서 받을 수 있는 만큼이라도 일단 받는 것이 어떻겠습니까?"

"어림없는 소리 말게. 그러다 강시가 가까이에 와 있다는 걸 피난민들이 알게 되기라도 하면? 공포에 질린 피난민들이 한꺼번에 밀려들 텐데, 통제할 수 있을 거라 생각하나? 더구나 그 난리 통에 강시라도 나타나면 그땐 또 어쩌고? 자칫 잘못하면 강시에게 성문을 그냥 열어 주는 꼴이 될 수도 있단 말이네. 그것이 좌우포정사께서 가장 우려하고 계시는 것이고! 자네는 이곳 사천 땅마저도 감숙 꼴이 나길 바라는가?"

"······."

"우리는 명령대로만 움직이면 되네. 쟁천표국과 철기대가 강시를 막기 위해 이곳으로 달려오고 있다고 하니 그들이 도착하기 전까지는 무슨 일이 있어도 이곳 북문을 사수하는 것을 가장 최우선으로 해야 한다, 이 말이야."

"허나······."

"그렇게 호들갑 떨 것 없다니까. 어차피 탕창을 지났다고 해도 워낙에 제멋대로 움직이는 놈이 아닌가? 강시가 정말로 이곳으로 온다는 보장도 없단 말이네. 그러니 더는 아무 말 마시게. 이것은 군령이네. 자네가 뭐라 한들 바뀔 것이 없단 말이네!"

그러고는 휙 몸을 돌려서 성루를 내려가 버리는 이일민이다.

그런 이일민을 갑갑한 눈으로 보던 전중이 성벽 아래로
눈길을 던졌다.

거기에는 수를 헤아릴 수 없이 많은 피난민들이 빼곡히
앉아 있었는데, 그 행색이며 모양들이 보기 안쓰러울 정도
로 처량하고 시름에 젖어 있었다.

어찌할 수 없는 비통함에 버릇처럼 탄식을 흘려 댄다.

'저들을…… 정말 저대로 두어야 한다는 말인가?'

고향을 등지고 쫓기듯 달려온 저들을 이대로 모른 척해
야 한단 말인가?

하지만 어쩔 수 없다.

이일민의 말마따나 포정사로부터 군령으로 내려진 명이
었다. 일개 정천호에 불과한 그가 어찌할 수 있는 것이 아
니었다.

지금 그가 할 수 있는 거라곤 이제라도 강시가 길을 돌
려주길 간절히 바라는 것뿐이었다.

그런데 하늘의 도우심일까?

그날 오후, 강시가 탕창에서 서쪽의 축천(逐川)으로 다시
방향을 틀었다는 소식이 전해졌다. 하지만 그 안도는 잠깐
이었다. 그의 간절한 바람과는 달리 그날 새벽, 사태는 더
욱더 급전직하로 악화되고 있었다.

근무를 마치고 잠시 눈을 붙인 참이었다.

천지를 울려 대는 갑작스러운 소란에 전중은 의아해하며 눈을 떴다.

마침 그때, 밖에서 수하의 다급한 목소리가 들려왔다.

"부대장님! 부대장님! 저 장흥(張興)입니다! 주무십니까?"

"아니다. 들어오거라."

침상에서 몸을 일으키며 흐트러진 옷매무새를 가다듬는 사이 수하 장흥이 안으로 들어왔다.

"무슨 일인가? 무슨 일인데 밖이 이리 소란스러운 건가?"

"큰일 났습니다. 피난민들이 지금 성문을 열어 달라며 난리를 치고 있습니다."

"피난민들이 갑자기 왜?"

"아무래도 강시의 소식을 알게 된 모양입니다."

"뭐? 대체 어떻게?"

"방금 척후를 나갔던 병사들이 돌아왔는데, 그들로부터 흘러나간 것이 아닌가 싶습니다만…… 그보다 더 큰일은 강시입니다!"

"강시가 왜? 축천으로 길을 돌렸다 하지 않았나?"

"그게…… 방금 척후병이 가져온 소식에 따르면 축천으

로 잠시 방향을 틀었던 강시가 두 시진 전에 축천에서 다시 방향을 틀어 지금 이곳으로 곧장 달려오고 있다 합니다!"

"그게 무슨……."

두 시진 전에 축천에서 방향을 돌렸다는 것은 빠르면 네 시진 안에 강시가 들이닥칠 수도 있다는 뜻이었다.

놀란 나머지 옷매무새도 다 바로 하지 못한 채 급히 밖으로 뛰어나갔다.

성루에 올라 성벽 아래를 보던 그의 얼굴이 보기 흉하게 일그러졌다.

피난민들이 성문을 두드리며 살려 달라 아우성을 친다.

성문 앞으로 밀려드는 인파에 쓰러지고 밟혀 생사조차 살필 길이 없는 자들이 기하급수적으로 늘어난다.

그곳은 그야말로 아귀지옥이나 다름없었다.

'저대로 둘 순 없다!'

저대로 두었다가는 강시의 마수에 닿기도 전에 얼마나 많은 사람들이 압사하게 될지 모르는 일이다.

"지금 수비대장님은 어디 계시느냐?"

장흥의 대답은 필요 없었다.

역시 소식을 들었는지 북문 수비대 대장 이일민도 마침 성루로 올라오고 있었던 것이다.

"장군! 문을 열어야 합니다!"

전중은 이일민을 보자마자 달려가 그렇게 청했다.

하지만 이일민의 대답은 한결같았다.

"이미 불가한 일이라 하지 않았는가."

"허나 저들을 저대로 둘 수는 없는 일입니다! 일단 안으로 들여서……."

"무슨 소리를 하는 겐가? 지금 저들을 걱정할 때가 아니지 않은가? 우리 코가 석 자라고! 우리 코가! 정말로 강시가 여기까지 당도한다면 우린들 어디 무사하겠는가 말일세!"

"아무리 그래도……."

"어허! 자네는 다른 거 신경 쓰지 말고 강시나 대비하라니까! 지휘사께서 이만의 병력을 더 보내 주신다고 했으니 강시 진압대가 도착할 때까지 인해장벽이라도 쳐서 강시가 절대로 성안에 들어오지 못하게 해야 할 것이네! 그것을 생각하면 피난민들을 저리 둔 것은 오히려 다행한 일이 아닌가? 그만큼 시간이 벌릴 것이니."

순간 전중의 얼굴이 사납게 구겨졌다.

'그걸 말이라고!'

피난민들도 이 나라의 백성이건만 어떻게든 살릴 궁리는 하지 않고, 오히려 방패막이가 되어 줘 다행이라니? 덕분에 시간을 벌게 되었다니?

생각 같아서는 이 자리에서 목이라도 쳐 버리고 싶은 심정이다.

역시 말이 통할 상대가 아니다.

제대로 된 전공 하나 없이 인맥과 연줄로 이 자리까지 오른 자에게 백성을 위하는 마음 따위가 있을 리가 없다.

결국 돌아섰다.

그리고 성루를 내려오며 비장하고 결연한 목소리로 장흥에게 물었다.

"나를 위해 목숨을 걸 수 있는 녀석들이 몇이나 되겠나?"

"예?"

전중의 난데없는 물음에 장흥이 의아해한다.

"피난민들을 저대로 죽게 할 수는 없지 않나. 성문을 열 것이네!"

"허나 그건 군령을 어기는 일이 아닙니까?"

군령을 어기는 것이 무슨 의미인지는 전중도 잘 알고 있었다.

"그러니 나를 위해 목숨을 걸 수 있는 녀석들이 몇인지 묻는 것이 아닌가."

장흥이 전중을 살폈다.

혹시 순간적으로 일어나는 치기에 욱해서 별생각 없이 던진 말이 아닌가 싶어서였다.

하지만 진심이다.

전중은 진심으로 성문을 열 결심을 하고 있었다.

장흥이 잠시 성문으로 눈길을 던졌다.

그 너머로 들려오는 피난민들의 처절한 아우성이 새삼 귀에 박히고 가슴을 때린다.

사실 처음이 아니었다.

전중도, 장흥도, 그리고 그들의 수하들도 이미 한 번 겪어 본 일이었다.

처음 강시의 폭주가 있었던 그때 그들도 기련산에 있었으니까. 강시의 그 지독한 마수에 인근 주민들이 떼죽음을 당하는 그 끔찍했던 광경을 직접 목격해야 했으니까. 그럼에도 그들을 구하기는커녕 무기력하게, 그리고 굴욕적으로 도망쳐야 했던 것이 그들이 할 수 있는 전부였으니까.

다시는 그때의 그 끔찍했던 기억을 되풀이하고 싶지 않았다.

다시는 그때처럼 무기력하게 도망치고 싶지 않았다.

전중이 군령마저 어기면서까지 성문을 열겠다는 것도 그 같은 심정에서일 것이다.

장흥의 눈빛에도 결연함이 드리워졌다.

"부대장님의 수하 천이백 중에 부대장님을 위해 목숨을 걸 자가 몇일지는 모르겠지만, 피난민들을 위해 목숨을 걸 자라면 백오십은 모을 수 있을 것입니다."

백오십.

현재 성문으로 접근하자면 삼중의 목책을 뚫어야 한다. 삼중의 목책에 배치된 수비병의 수만 해도 모두 아흔 명.

백오십이면 수적으로는 우위이긴 하지만 문제는 시간이었다.

조금만 지체되어도 다른 병력이 합류하게 되고, 최악의 경우엔 궁수들의 공격이 있을 수도 있었다. 그걸 방지하자면 다른 병력이 합류하기 전에 최대한 빨리, 속전속결로 삼중의 목책을 뚫는 수밖에 없다. 그리하면 성문 가장 깊은 곳에는 궁수들의 시각이 닿지 않아 그들의 공격으로부터도 안전할 수 있다.

그런 걸 생각하면 백오십은 결코 많은 수가 아니었다.

아니, 속전속결로 삼중의 목책과 아흔 명의 수비병을 넘기에는 턱없이 부족한 숫자였다.

'허나…… 할 수밖에 없다!'

하지 않으면 안 된다.

"모으게. 최대한 은밀히 해야 할 것이네."

"여부가 있겠습니까. 이 일이 새어 나가면 그걸로 우리도 피난민들도 모두 끝장인데."

장흥의 대꾸에 전중이 고개를 끄덕였다.

"그래, 지체할 시간이 없으니 병력이 모아지는 대로 곧바로 성문 수비병을 칠 것이네!"

"쳐라! 성문을 열어라!"

"와아아아아! 비켜! 비켜! 죽고 싶지 않으면 다 비키란 말이다!"

성문을 지키는 삼중 목책의 수비병들을 향해 일백팔십 명의 병사들이 함성을 지르며 돌진했다.

앞서 장흥이 말했던 것보다 서른 명이나 더 많았고, 삼중 목책의 수비병보다도 두 배가 더 많은 병력이었다.

갑작스럽게 밀려드는 병력으로 인해 수비병들이 어찌할 바를 모르고 당황하는 사이 전중이 이끄는 병대는 단숨에 첫 번째 목책을 넘었다.

하지만 수월한 것은 거기까지였다.

전중의 병대가 첫 번째 목책을 넘는 사이 두 번째, 세 번째 목책의 수비병들은 이미 전열을 가다듬고는 전중의 병대를 맞을 준비를 하고 있었다.

그 모습을 확인한 전중은 잘근 입술을 깨물었다.

이 순간 눈앞에 보이는 거대한 목책은 그 뒤에 단단히

쳐진 방패와 솟아오른 창과 어우러져 그야말로 철옹성이나 다름없었다.

더구나 성벽 위의 궁수들마저 사태를 파악하고는 분주히 움직이고 있었다.

그러나 주저함은 짧았다.

첫 번째 목책을 뚫고 성문에 가까워진 만큼, 딱 그만큼 피난민들의 아우성이 가깝고 또렷하게 들렸다.

그들의 그 간절한 외침이, 울부짖음이 잠깐의 주저함을 밀어낸다.

'뚫는다! 무조건 뚫는다!'

그리해 철옹성같이 높이 쳐진 목책을 향해 몸을 날리며 외쳤다.

"반드시 성문을 연다! 돌격!"

그 뒤를 그의 병대 또한 주저 없이 따랐다.

"와아아아아! 쳐라! 성문을 열어라! 피난민들을 구하자!"

그때부터 뚫으려는 자와 막으려는 자들 간에 치열한 사투가 벌어졌다. 그리고 조금씩조금씩 뚫으려는 자들이 앞으로 나아가기 시작했다.

그것은 전력의 차이라기보다는 의지의 차이였다.

수비병들인들 어찌 피난민들의 울부짖음이 들리지 않겠

는가?

그들인들 살려 달라 애원하는 저 목소리가 어찌 안타깝지 않겠는가?

군령에 의해 성문을 지키고 있지만, 그 일이 기꺼울 리 없는 것이다. 그 망설임에 창이 무겁고, 방패가 무겁다.

그리해 두 번째 목책이 열렸고, 세 번째 목책의 수비도 열리려 하고 있었다.

'다 왔다!'

저 세 번째 목책만 넘으면 성문을 열 수 있다.

드디어 절박함으로 쾅쾅 울려 대는 저 성문을 열고 피난민들을 살릴 수 있다.

"더! 더! 더! 더 힘을 내거라! 이제 얼마 안 남았다!"

전중이 목이 터져라 독려했고, 그의 병대는 사기충천해서 더욱 힘을 냈다.

그런데, 필사적이고 저돌적인 공격 앞에 세 번째 목책마저 무너지려는 바로 그때였다.

"대체 이게 뭣들 하는 짓이냐! 멈추지 못할까!"

갑작스럽게 뒤에서 노기에 찬 일갈이 들려왔다.

"빌어먹을!"

그 일갈에 순간 전중의 입에서 반사적으로 욕설이 터져 나왔다.

그 목소리의 주인이 누군지, 뒤쪽의 상황이 어떠한지 보지 않아도 알 수 있었다.

이곳의 상황을 듣고 수비대장 이일민이 병력을 이끌고 달려온 것이다. 아니나 다를까, 뒤를 돌아보니 이일민이 노기 가득한 눈빛으로 사납게 추궁을 해 온다.

"전 부대장! 대체 이게 무슨 짓인가! 군령을 어기고 반역이라도 하겠다는 겐가!"

"소장은 반역을 하겠다는 것이 아니라 피난민들을 살리려는 것뿐입니다!"

"내 이미 성문을 열지 않겠다 했지 않은가! 포정사의 뜻이 그러하다고 내 분명히 말했거늘 어찌 군령을 어기고 이런 참담한 일을 벌인단 말인가? 자네에겐 지엄한 군율이 그리도 우습게 보였단 말인가!"

이일민의 분노는 컸다.

당장이라도 참형을 내릴 것처럼 살기등등했다.

하지만 그 같은 이일민의 분노는 전중의 귀에 전혀 닿지 않았다.

지금 이 순간 전중의 귀에 들리는 것은 성문 밖에서 들려오는 피난민들의 울음소리뿐이었고, 눈에 담기는 것은 성문을 굳게 닫아걸고 있는 육중한 빗장뿐이었다.

"무엇 하는 겐가! 어서 칼을 내려놓고 투항하지 않고!

정녕 이 자리에서 목이 날아가길 바라는가!"

그 협박도 전중의 귀에는 들리지 않았다.

전중은 가늠하고 있었다.

성문과의 거리, 그리고 이일민의 뒤를 받치고 있는 오백 명 친위대와의 거리.

이제 성문과의 거리는 지척이다.

친위대의 발을 일각만 막아 주면 빗장을 열 수 있다.

계산이 선 전중의 눈이 장흥과 마주쳤다.

그들이 같이 전장을 누빈 지 무려 십칠 년이다. 서로의 생각을 읽는 데는 그 눈빛이면 충분했다.

이윽고,

"적염대(赤閻隊)는 나와 같이 성문을 연다!"

전중이 성문을 향해 땅을 박찼다. 이어서 명을 받은 적염대 오십 명이 전중을 따라 몸을 날렸다.

"이놈이! 잡아! 성문을 열지 못하게 어서 저놈들을 잡아!"

이일민의 명에 그의 친위대 오백이 전중과 적염대를 쫓았다. 그러나 그보다 먼저 장흥과 남은 백여 명의 수하들이 앞을 막아섰다.

"부대장님을 막으시려면 일단 우리부터 넘으셔야 할 것입니다!"

"이놈들이 정녕! 오냐! 내 오늘 네놈들에게 군령의 지엄함을 깨닫게 해 줄 것이다! 쳐라! 더 이상 저놈들은 우리 군사들이 아니다! 반역 도당이다! 그러니 앞을 막는 자는 죽여도 좋다!"

그 순간 친위대의 살기가 짙어졌다.

뿌려 대는 눈빛도 뿜어내는 기세도 더 이상 같은 동료를 향한 것이 아니었다.

장흥은 이를 악물었다.

상대는 이곳 일만 북문 수비대의 정예들이었다.

수적으로도 턱없이 불리하지만, 개개인의 실력에서도 상대가 되지 않는다.

그래도 막아야 한다.

'일각!'

전중과 적염대가 빗장을 풀고 저 육중한 문을 여는 데 필요한 시간.

'죽어도 일각을 버틴다!'

그렇게 필사의 각오로 이일민의 친위대에 맞섰다.

그러나 세상에는 의지만으로 되지 않는 일이 있고, 이번 것도 그랬다.

일말의 사정도 두지 않은 채 가차 없이 휘둘러 대는 친위대의 칼 앞에 장흥과 그의 수하들은 그야말로 거대한 홍수에 휩쓸려 떠내려가듯 그렇게 쓸려 갔다.

　일각은커녕 반 각도 버티지 못했다.

　당연히 전중과 적염대도 성문은커녕 빗장조차 제대로
풀지 못한 채 친위대에 붙잡혀야 했다.

第五章

군령을 어긴 자는
마땅히 그 벌을 받아야 한다

"자네가 진정 제정신이란 말인가? 명색이 북문 수비대의 부대장이라는 자가 어찌 군령을 어기고 그런 짓을 벌일 수 있단 말인가! 대체 무슨 생각으로……."

붙잡힌 전중을 성루로 끌고 와 자신 앞에 무릎을 꿇린 이 일민이 아직도 화가 다 가시지 않은 얼굴로 엄히 문책을 한다.

하지만 전중은 당당했다.

"제정신이 아닌 것은 제가 아니라 살고자 이곳까지 달려온 피난민들을 저대로 죽게 내버려 두는 당신들이지요!"

"이놈이 그래도……!"

"자그마치 이십만 명입니다! 이십만 명의 목숨을 사지로 내몰려는 명이! 그런 명을 내린 작자의 머리가 어찌 제정신 이겠습니까!"

"그 입 닥치지 못할까! 이놈이 그래도 잘못을 뉘우치지 않고 함부로 세 치 혀를 놀리는구나! 오냐! 네놈이 죄를 뉘우치지 못한다면 군법에 회부할 것도 없이 내 지금 이 자리에서 네놈의 목을 쳐 기강과 기율을 바로 세울 것이다!"

그리 말하며 정말로 목을 치기라도 할 듯이 '차앙!' 서슬 퍼런 장도를 뽑아 든다.

갑작스러운 포효성이 들려온 것은 바로 그때였다.

"크아아아앙!"

천지가 다 뒤흔들리는 것 같은 포효성에 이어 소란이 일었다.

"으아아아! 강시다! 강시가 나타났다!"

"대, 대장님! 강시입니다! 저기 강시가 나타났습니다!"

성벽 아래 피난민들 속에서 공포에 질린 외침이 터져 나온 것과, 수하 하나가 다급히 달려와 떨리는 목소리로 그렇게 보고를 한 것은 거의 동시였다.

이일민의 얼굴이 당혹과 의문으로 물들었다.

"대체 그게 무슨 말이냐? 강시라니? 축천에 있다 한 것이 고작 두 시진 전인데 어찌 벌써 이곳에 강시가 나타난단 말이냐!"

"허나, 저기에……."

수하가 다른 설명 없이 거의 울상이 되어 성문 밖 서북쪽 저 먼 곳을 손가락으로 가리켰다.

수하의 손길을 따라 시선을 던지니 어슴푸레 밝아 오는 여명의 틈으로 뭔가 희끗한 그림자 같은 것이 급격히 가까워지고 있었다.

"크아아아앙!"

그때 다시 한 번 포효성이 천지를 뒤흔들고, 이일민은 그제야 그것의 정체를 확실하게 알았다.

강시였다. 강시가 북문을 향해 맹렬한 속도로 달려오고 있었다. 당연하게도 달려오는 강시를 가장 먼저 맞아야 하는 것은 피난민들이었다.

피난민들의 공포에 질린 비명이 더욱더 커졌다.

살려 달라 울고불고 외쳐 대는 그 애끓는 절규가 북문 성벽을 타고 메아리친다.

그 같은 상황에 이일민이 당황해하는 사이 전중이 피를 토하듯 소리쳤다.

"성문을 열어! 성문을 열란 말이야! 정말 저들을 다 죽게 할 참이오!"

"다, 닥치거라! 지금 성문을 열면 우린들 무사할 성싶으냐!"

"어차피 저 괴물한테는 성문인들 성벽인들 소용이 없다니까! 피난민들이라도 대피를 시켜야 한다고!"

"닥치라 했다! 한 마디만 더 나불대면 정말로 네놈의 목을 잘라 버릴 것이야! 여봐라! 뭣들 하느냐? 성문에 철책을 쳐라. 겹겹으로 철책을 쳐서 강시가 들어오지 못하게 단단히 막아야 할 것이다!"

강시의 등장으로 사천성 북문은 그렇게 공포와 절망이 뒤섞여 성안도, 성 밖도 난리 통이었다.

그런데 모두가 공포와 절망으로 우왕좌왕하고 있는 그때, 강시의 반대편인 동북쪽에서 대규모 병력이 먼지구름을 일으키며 달려오고 있었다.

기마 부대였다.

말이며 기수며 할 것 없이 철갑주를 두른.

"처, 철기대다! 철기대가 도착했다!"

누군가 그들의 정체를 알아차리고는 환희와 기쁨, 안도가 뒤섞인 목소리로 그렇게 외쳤다.

그랬다.

그것은 분명 곽정이 이끄는 철기대의 기마 부대였다. 그리고 그 부대의 가장 선두에는 루하와 쟁천표국의 표사들이 있었다.

"경천폭첩노(驚天爆疊櫓) 만개(滿開)!!"

곽정이 그렇게 외친 것은 강시가 피난민들 속으로 뛰어들기 직전이었다. 순간, 철기대가 둘로 갈라지며 그중 하나가 달리는 말에 더욱 박차를 가해 강시와 피난민들 사이로 끼어들었다. 그리고 달리는 속도 그대로 말에서 뛰어내려 각자가 들고 있는 방패로 앞을 막았다.

방패라고 해 봤자 팔과 상체를 겨우 가릴 정도의 크기였다. 그걸로 강시를 막기에는 턱없이 작고 약해 보였다.

모름지기 무쇠도 가루로 만들어 버리는 강시의 권풍이 아니던가?

하지만 그러한 의구심은 강시가 앞을 막아서는 철기대를 향해 짜증스레 권풍을 날린 순간 싹 사라졌다.

콰콰콰콰콰쾅—

강시가 날린 권풍이 철기대의 방패에 닿자 엄청난 폭발음이 터졌다.

직후, 놀랍게도 권풍을 날렸던 강시가 도리어 퉁겨 날아가며 종이짝처럼 구겨져 뒹굴었다. 강시의 권풍을 막았던 철기대 또한 후폭풍을 이기지 못하고 주르륵 미끄러져 나갔지만, 얼핏 보기에도 누구 하나 크게 다친 자는 없어 보였다.

그 같은 광경을 지켜본 루하는 혀를 내둘렀다.

'우와! 저게 진짜로 통하네!'

지금 저러한 예상치 못한 장면을 연출해 낸 것은 순전히 저들이 들고 있는 방패 때문이었다.

오는 길에 곽정으로부터 들었다.

폭첩노(爆疊櫓).

서문경의 백령석 부대가 그랬던 것처럼 곽정이 준비한 대강시용 비책.

그것은 단단한 묵철로 만든 안쪽의 한 겹과, 반발력이 좋은 적탄석으로 만든 바깥쪽의 한 겹 사이에 폭약을 넣은 방패였다. 그 특수한 장치로 인해 외부의 충격이 있을 시 폭약이 폭발하며 전면의 적탄석이 폭출하게끔 되어 있었다.

과연 그게 강시에게도 통할지, 이야기로만 들을 때는 긴가민가했다. 아니, 솔직히 말하면 '저딴 걸로 무슨…….' 이라 생각할 만큼 회의적이었다.

그런데 폭약과 적탄석의 조합은 상상 이상이었다.

대강이나마 들어 알고 있는 상황이었는데도 그 효능을 직접 눈으로 확인하고 보니 놀람을 감출 수가 없을 정도였다.

하지만 마냥 놀라워만 하고 있을 때가 아니었다.

그래 봤자 일회용이었다.

폭첩노를 소진한 제일 대가 뒤로 물러나고 그 즉시 제이

대가 피난민들의 앞을 막아섰지만, 어차피 그들의 목적은 방어였지 강시 제압이 아니었다. 이대로 강시의 공격을 더 받아 내다가 폭첩노를 모두 소진해 버리면 철기대로서는 속수무책일 수밖에 없었다.

지금부터는 쟁천표국의 몫이었다.

루하가 강시를 보았다.

강시는 그때까지도 폭첩노의 충격에서 벗어나지 못하고 있었다. 아니, 전혀 생각지 못했던 충격에 어찌 된 영문인지를 몰라 어리둥절해하고 있었다.

그런 강시를 보며 루하가 표사들에게 호기롭게 외쳤다.

"좋아! 지금부터 쟁천표국의 강시 사냥을 시작합니다!"

그의 외침을 모옹이 받았다.

"천간금쇄진(天干禁鎖陣)!"

그리해 쟁천표국의 표사들이 강시를 에워쌌다.

그렇게 쟁천표국이 강시를 상대하기 위해 진법을 펼치는 동안 곽정은 남은 절반의 병사들을 이끌고 그길로 곧장 성문을 향해 달렸다. 그 맹렬한 기세에 아귀지옥을 연출하고 있던 피난민들이 급히 좌우로 물러나며 길을 터 줬다.

그들도 아는 것이다.

철기대가, 그리고 지금 강시를 에워싸고 있는 쟁천표국의 표사들이 자신들을 구하러 온 구원자들이라는 것을.

저기 선두에서 달려오는 장수가 절망뿐인 이 지옥의 구렁텅이에서 그들을 구해 줄 유일한 희망이라는 것을.

그리해 피난민들이 터 준 활짝 열린 길로 곽정과 철기대가 단번에 성문 앞까지 다다랐다.

곽정이 성벽 위 높은 성루의 이일민을 보며 외쳤다.

"나는 산서성 국경 수비대 대장이자 이번 강시 진압대의 지휘권을 맡은 지휘동지(指揮同知) 곽정이오! 당장 성문을 여시오!"

곽정의 외침에 이일민의 대답이 바로 들려왔다.

"그럴 수는 없소이다! 강시가 바로 눈앞에 있거늘 어찌 성문을 연단 말이오!"

"강시는 쟁천표국과 우리 철기대가 맡을 것이니 괜한 피해가 생기지 않도록 어서 성문을 열어 여기 피난민들을 안으로 대피시키시오!"

"그걸 어떻게 장담한단 말이오? 그러다 당신들이 막아내지 못하면 그땐 어찌하라고? 지금은 사천성 백성들의 안위가 내겐 더 중하오!"

이일민의 앞뒤 꽉 막힌 태도에 급기야 곽정이 곱고 반듯했던 미간을 사납게 일그러뜨렸다.

"잔말 말고 열어! 이건 명령이야!"

하지만 이일민도 물러서지 않았다.

"장군이 나보다 한 품계 높다고 해도 엄연히 소속이 다르거늘 어찌 내게 명을 내린단 말이오!"

"나는 병부상서로부터 강시 진압에 따른 전권을 일임받았다! 강시 진압에 필요한 것이라면 소속과 직급에 상관없이 내 지휘 아래 둘 수가 있단 말이다. 당연히 그대 또한 내 명을 따라야 하는 것이고!"

"나는 병부로부터 그런 말은 들은 적이 없소이다!"

"진정 군령을 어기겠다는 것이냐?"

"그러니까 나는 그런 말은 들은 적이 없다니까!"

무슨 말도 통하지 않았다.

절대로 성문을 열지 말라는 포정사의 명도 명이지만, 강시가 나타난 순간부터 이미 겁에 완전히 질려 버린 탓이었다.

지금 상황에서 방법은 하나뿐이었다.

'성문을 부순다!'

성문을 부숴서라도 피난민들을 성안으로 들여보내야 했다. 그건 피난민들의 안위도 안위지만 그들로 인해 루하와 표사들이 강시를 제압하는 데 자칫 큰 방해가 될 수도 있기 때문이었다.

쟁천표국이 강시를 잡는 데 방해가 되는 모든 것을 치우는 것. 그것이 철기대가 이곳에 온 이유이자 목적이었다.

곽정이 그렇게 결정을 내리고 철기대에 막 명을 내리려 할 때였다.

성루에서 갑작스러운 소란이 일었다.

어떤 이유인지는 모르나 이일민 앞에 포박을 당한 채 무릎 꿇려 있던 한 장수가 그 순간 포박을 풀어내며 이일민을 덮친 것이었다. 그리고 단번에 이일민의 손에서 칼을 빼앗아 그의 목에 가져다 댄다.

"네, 네놈이 지금 무얼 하는……."

"성문을 열어!"

"네놈이 정녕 미친 게로구나! 네놈이 이러고도 무사하리라 생각하느냐?"

"닥치고 성문을 열란 말이야! 성문을 열라 명하라고!"

하지만 이일민에게선 그가 원하는 명이 떨어지지 않았다. 이일민의 의지가 굳건하거나 고집이 세서가 아니었다. 이일민은 그저 이 예기치 못한 상황에 당황해서 어찌할 바를 모르고 있을 뿐이었다.

그러나 지금 전중에겐 그가 마음을 진정시킬 때까지 기다릴 여유가 없었다.

그는 이일민의 목에서 피가 배어나도록 칼날을 더욱 깊이 가져다 대며 이일민의 친위대를 향해 협박조로 외쳤다.

"이자의 목이 달아나는 걸 보고 싶지 않거든 당장 철책을 거두고 성문을 열어! 이자의 목숨 줄이 끊어지면 네놈들의 목도 안전하지 못할 거라는 건 네놈들이 더 잘 알 거 아냐? 성문을 안 열면 네놈들은 상관을 지키지 못한 죄로 엄히 벌을 받게 될 것이고, 문을 열면 그냥 나 혼자 죽는 걸로 끝나! 뭘 고민해? 어서 내려가서 성문부터 열라니까!"

고민할 거리도 없는 문제였다.

선택의 여지도 없었다.

전중의 말마따나 뒤가 어찌 되었든 성문부터 여는 것이 그들에게 주어진 유일한 길이었다.

더구나 지금 이 순간 이일민은 전중의 사납고도 살기등 등한 기세에 입조차 뻥긋하지 못하고 있었다.

그리해 마침내 성문이 열렸다.

성문이 열리자 가장 먼저 곽정이 철기대를 이끌고 성안으로 들어섰다. 그 뒤를 이어 이십만 명의 피난민들이 환호성을 질러 대며 터진 봇물처럼 밀려들었다.

"그대는 누군가?"

곧장 성루에 오른 곽정이 그때까지도 이일민의 목에 칼을 겨누고 있는 전중에게 물었다.

전중이 대답했다.

"사천성 북문 수비대 부대장 정천호 전중입니다."

"왜 이런 일을 벌였나?"

"이리해야 하는 일이었기에 이리했습니다."

"그래서, 지금 자네 상관의 목을 어찌할 것인가?"

곽정의 물음에 전중이 잠시 이일민을 본다.

"어찌할 생각 없습니다. 군령을 어기고 하극상마저 저지른 몸, 바라는 대로 성문이 열렸고 피난민들이 저리 무사히 대피할 수 있게 되었는데, 더 무슨 죄를 짓겠습니까."

그리 말하며 손에 든 칼을 바닥으로 던지는 전중이다.

그러자 비로소 해방된 이일민이 그 칼을 집어 들며 참았던 분노를 터트렸다.

"네 이놈! 네놈이 군령을 어긴 것으로도 모자라 감히 내 목에 칼을 들이대고 날 겁박해? 내 지금 당장 네놈의 사지를 찢을 것이다!"

이미 분노로 머릿속이 새하얗게 변한 이일민이다. 지금 이 순간 그의 머릿속에는 전중에 대한 살의뿐이었고, 그 지독한 살의가 그 칼에 고스란히 담겨 있었다. 그는 정말로 이 자리에서 전중의 사지를 찢어 버릴 생각이었다.

하지만 그 전에 곽정이 이일민의 앞을 막았다.

"그는 군령을 어기지 않았다!"

곽정의 말에 이일민이 갈 곳 잃은 살의를 고스란히 곽정에게 보내며 거칠게 물었다.

"그게 무슨 말이오? 군령을 어기지 않았다니? 저놈이 내 목에 칼을 들이대고 하극상을 벌이는 것을 장군도 보지 않았소!"

"그는 하극상도 하지 않았다!"

"뭐?"

"내 말했지 않나? 이곳 북문 수비대를 내 지휘 아래 둔다고. 그리고 나는 분명 성문을 열라는 명을 내렸고. 전 부대장은 그런 내 명을 충실히 따른 것인데 그게 어찌 군령을 어긴 것이 되겠나? 오히려 성문을 열라는 내 명을 듣지 않고 군령을 어긴 것은 자네지. 군령을 어긴 자를 상관이라 할 수 없으니 하극상 또한 성립되지 않고. 그러니 전 부대장에겐 죄가 없다."

"대체 지금 무슨 말을……."

"전 부대장, 작금의 상황은 엄연한 전시인바, 전시에 군령을 어긴 자에 대한 처분이 무엇인가?"

"즉결…… 참형입니다."

"그래."

순간, '차앙!' 하는 금속음이 들리고 '서걱' 하는 어떤 섬뜩한 소리가 이어졌다.

그리고,

툭—

이일민의 목이 떨어졌다.

스르르 무너져 내리는 이일민의 목 잃은 몸을 보며 곽정이 차갑게 말했다.

"군령을 어긴 자는 마땅히 그 벌을 받아야지!"

그렇게 성루의 상황이 일단락되었을 무렵이었다.

콰아아앙!

갑자기 포탄이라도 맞은 듯이 엄청난 굉음과 함께 성벽이 크게 흔들렸다. 곽정과 전중이 놀라 성 밖을 내려다보니 그곳에는 쟁천표국과 강시 간에 치열한 공방이 펼쳐지고 있었는데, 거기에서 흘러 날아온 여파만으로 방금의 충격이 전해진 것이었다.

'허! 폭주 강시의 무서움이야 익히 들었지만, 저건 이미 필설로 설명할 수 있는 강함이 아니지 않은가?'

직접 눈으로 확인한 강시의 강함이란 이미 인세의 것이라 할 수 없을 지경이었다.

가슴이 서늘해지는 곽정이다.

자칫 수하들을 잃을 뻔했다. 지금 쟁천표국을 상대로 보이고 있는 강시의 힘은 폭첩노로도 막을 수 있는 것이 아니었다.

그런 서늘함의 한편으로 쟁천표국의 굳건함에 또한 놀랐다.

             *   *   *

  쟁천표국은 저 터무니없을 정도로 강한, 아니, 강하다는
표현소차 턱없이 부속할 정도인 강시를 상대로 조금도 밀
리지 않고 있었다.
  아니, 밀리지 않는 것은 물론이고,
  "십이로철쇄진(十二路鐵鎖陳)!"
  "십방천밀진(十方天密陣)!"
  "대전륜파풍합격진(大轉輪破風合格陣)!"
  끊임없이 연환하고 변화하는 진세로 오히려 강시를 압박
하며 몰아붙이고 있었다.
  처음에는 놀람이었다.
  다음은 경외였고 감탄이었다.
  헤아릴 수 없이 많은 전장을 누비며 숱한 전쟁에서 이겨
온 그마저 그저 감탄을 터트릴 수밖에 없었다. 그러나 동시
에 저들이 적이 되었을 때를 상정해 보자 밀려드는 두려움
에 모골이 절로 송연해졌다.
  그럼에도 불구하고 강시를 상대로 당당히 맞서고 있는
쟁천표국의 모습은 곽정의 가슴을 실로 오랜만에 뜨겁게
만들고 있었다.

하지만 지금 곽정의 눈에 비치는 것과는 달리 사실 강시를 상대하고 있는 쟁천표국의 사정은 그다지 좋은 편이 아니었다.

"크윽!"

강시가 권풍을 내지를 때마다 그 권역에 닿는 표사들이 주르륵 뒤로 미끄러져 나간다. 그 바람에 진법이 크게 휘청대고 그때마다 강시의 거센 공격은 흐트러진 틈을 집중 공격해 온다.

강시의 번뜩이는 날카로움은, 이지를 상실한 채 오직 살육과 파괴 본능만으로 움직인다는 것이 실로 믿기지 않을 정도였다.

그 바람에 가장 바쁜 것은 루하였다.

강시의 권풍에 진법이 흐트러질 때마다 그 흐트러진 틈을 그가 대신 메우고 있었다. 그렇지 않았다면 진법은 이미 강시의 권풍에 휩쓸려 모래성처럼 속절없이 무너졌을 것이다.

그렇게 근근이 유지를 시키고 있는 진법이다.

그럼에도 강시를 압박할 수 있는 것은 그간 강시를 잡아온 경험에 더해서 금강한철로 만들어진 무기와 갑주의 효능 덕분이었다.

특히 갑주의 성능은 기대 이상이었다.

단지 단단하기만 한 것이 아니었다.

단지 단단하기만 했다면 갑주야 멀쩡했을지 몰라도 그 속에 있는 표사들의 몸은 결코 온전하지 못했을 것이다.

흘렸다.

권풍이 가진 그 파괴적인 힘이 갑주에 닿자 전부는 아니지만, 그 대부분이 갑주를 타고 미끄러져 흘렸다.

조금 전 권풍의 여력이 성벽을 때렸던 것도 그래서였다.

어디 성벽뿐이랴.

강시와의 싸움이 길어질수록, 그리고 점점 더 격해질수록 온 사방이 폐허로 변하고 있었다.

땅이 파이고 성벽이 부서진다.

하늘이 무너질 듯 터져 나오는 폭음에 천지가 요동친다.

무수한 전쟁터를 누빈 곽정조차 가슴 서늘함을 느낄 정도이니 강시를 눈앞에서 상대하고 있는 표사들의 공포야 오죽할까. 코끝을 스쳐 가는 권풍에 오금이 다 저릴 지경이었다.

더 큰 문제는 도무지 공격해 볼 틈을 주지 않는다는 것이다.

표사들이 끊임없이 진법을 바꾸며 빈틈을 찾고 있었지만, 강시가 펼쳐 놓은 권막(拳膜)이 워낙에 단단하고 살벌했다. 그래서 그들이 가진 무기가 과연 통하는지 안 통하는지 그조차 제대로 확인을 하지 못하고 있었다.

'젠장! 이래서는 답이 안 나와!'

이대로는 안 된다.

지금까지 그들이 상대했던 강시와는 차원이 다른 존재였다. 그런 만큼 표사들의 긴장과 피로도도 확연히 달랐다. 고작 한 식경이 지났을 뿐인데도 표사들의 얼굴에선 벌써 극심한 피로가 보이고 있었다.

지금이야 생과 사가 갈리는 치열한 사투에 몰두하느라 피로감조차 느끼지 못하고 있는 표사들이지만, 중첩된 피로가 한꺼번에 밀려들기 시작하면 그땐 진법도 표사도 맥없이 무너져 버릴 게 뻔했다.

계기를 마련해야 한다.

방법을 찾아야 한다.

저 지칠 줄 모르는 강시를 상대로 이런 소모전은 무의미하다 못해 멍청하기 이를 데 없는 짓이다.

하지만 이놈의 강시는 루하에게 도무지 생각할 시간을 주지 않았다.

"크아아아앙!"

정신없이 돌아가는 진법에 갇혀 아무렇게나 주먹을 휘둘러 대던 강시가 답답했는지 그렇게 포효성을 지르며 돌연 땅을 박차고 공중으로 솟구쳐 오른다. 그러고는 방향을 틀어 오른발 뒤꿈치로 왼쪽 발등을 찍으며 급격히 떨어져 내렸다.

지금 강시가 노리는 것은 장청이었다.

그것을 깨달은 순간, 진법을 지휘하던 모옹의 얼굴이 일그러졌다.

장청이 위치한 곳은 지금 펼치고 있는 미리반천진(迷離反天陣)의 중심인 천중(天中)이었다. 천중이 무너지면 진법 또한 깨진다.

우연인지 아니면 의도한 것인지, 지금 강시는 진법의 핵심이자 또한 약점인 곳을 정확히 노리고 있는 것이었다.

모옹이 다급히 외쳤다.

"천중을 보호하라!"

하지만 늦었다.

진세가 반응을 하기도 전에 이미 강시의 주먹이 장청을 타격하고 있었다. 그 순간 장청이 할 수 있는 유일한 방어는 칼을 들어 올려 그 주먹을 막는 것뿐이었다.

콰아아앙—

칼을 들어 막았다고는 해도 진세가 만들어 내는 이중 삼중의 벽 없이, 처음으로 강시의 주먹이 여과 없이 장청을 강타했다.

"크으윽!"

칼이, 그리고 갑옷이 대부분의 힘을 흘려 냈는데도 불구하고 꽉 다문 입가로 피를 흘리며 주르륵 미끄러지는 장청이다. 급히 땅에 칼을 꽂아 미끄러지는 것을 막아 보지만 진탕되는 기혈만은 어찌하지 못하고 그 자리에 털썩 무릎을 꺾으며 '쿨럭' 피를 토했다.

억지로 다시 몸을 일으켜 보려 하지만 그마저도 되지 않아 다시 '쿨럭' 피를 토하는데, 그 색이 처음보다 검고 양도 더 많았다.

온전히 두 발로 서 있을 수도 없을 만큼 내상이 심각한 것이다.

그러나 지금 쟁천표국은 장청의 상태를 살필 겨를이 없었다.

이로써 천중이 무너졌다.

"동심철벽진세(同心鐵壁陣勢)!"

모옹이 급히 방어진으로 진법을 바꾸려 했지만, 강시는 한번 얻은 승기를 놓치지 않았다. 채 진법이 정비되기도 전에 좌측의 표사 만량보에게로 몸을 날린다.

진법은 깨졌고 깨진 진법은 미처 정비가 되지 않은 상태.

표사 만량보는 장청과 마찬가지로 강시의 주먹 앞에 그렇게 무방비로 내동댕이쳐졌다. 하지만 그는 장청과는 달랐다.

장청보다 약했다.

장청이 저만큼의 내상을 입었다면 만량보는 필경 목숨을 잃을 것이었다.

그리해 그 찰나의 순간, 누군가 다급히 외쳤다.

"피해!"

하지만 만량보는 피하지 않았다.

공교롭게도 다급히 펼쳐지고 있는 동심철벽진세의 네 개 기둥 중 하나가 바로 만량보 자신이었다. 여기서 그가 그 자리를 피하면 쟁천표국 최고 방어진인 동심철벽진세가 깨진다.

피할 수 없다.

피하지 않는다.

"동심철벽진세!"

만량보는 오히려 주춤해 있는 진법을 독려하며 자신의 대감도를 가슴에 바짝 끌어당기고 충격에 대비했다.

'버틴다!'

죽어도 버틴다!

그리해 강시의 주먹이 가차 없이 만량보의 대감도를 때렸다.

콰아아아앙—

가슴에서 폭음이 터지고,

"쿠어억!"

만량보가 피를 토했다.

하지만 밀려나지 않았다.

서너 발짝 뒤로 미끄러지긴 했지만 버텨 냈다.

그건 그 혼자만의 힘이 아니었다.

급박한 와중에 뒤에 있던 표사 곽철과 조인청이 그의 등을 받친 것이었다.

하지만 그로 인해 충격 또한 그들 셋이 같이 짊어져야 했고, 그리해 피를 토하며 쓰러진 것도 셋 모두였다.

어쨌든 그렇게 자신의 공격이 무위로 돌아가자,

"크아아아앙!"

강시가 한층 더 격해진 포효성을 터트리며 다시 그들에게 주먹을 날렸다. 그러나 그때는 이미 동심철벽진세가 완벽히 발동을 시작한 다음이었다. 게다가 신경질적으로 만량보에게 날린 주먹조차 부랴부랴 그 앞을 막아선 루하로 인해 간단히 막히고 말았다.

그때부터는 다시 진법과 강시 간의 신경전에 가까운 지루한 공방이다.

루하는 속이 탔다.

정말로 내상이 심각한지 아직 진법으로 복귀를 못 하고 있는 장청이다. 한 사발의 피를 토하고 쓰러진 만량보와 두 표사는 생사조차 불분명했다.

더욱 갑갑한 노릇은 동심철벽진세가 오직 방어만을 위한 진법이다 보니 여전히 강시의 몸에 칼 한 번 꽂아 보지 못하고 있다는 것이다. 그렇다고 당장 진법을 바꿀 수도 없다. 그러기에는 눈앞의 강시가 너무 무섭다. 조금 전 그 한 번의 반격으로 모용조차 마음이 위축되어 선뜻 공격진으로 바꿀 엄두를 내지 못하고 있었다.

하지만 언제까지고 소모전만 계속할 순 없는 일이다.

'역시 다른 방법을 찾아야 하는데…….'

그렇게 조급해지는 루하의 마음 한편으로 자꾸만 인정하기 싫은 생각이 불쑥불쑥 치민다.

'그냥 한번 제대로 붙어 봐?'

어울리지 않는 호기다.

그런데도 자꾸만 호승심이 일어나는 것은 이 무시무시한 강시가 그다지 무섭게 느껴지지 않기 때문이었다.

분명 말도 안 되게 강한 강시였다.

지금껏 상대했던 강시들과는 아예 차원이 달랐다.

그럼에도 손발이 근질근질하다.

표사들과 진법을 맞추느라 불쑥불쑥 일어나는 충동을 억제해야 하는 것이 답답하다.

그러한 호승심과 자신감의 근간에 있는 것은 딱 하나였

다.

'그 여자 강시보다 약해!'

언뜻 보기에는 더 강하고 더 사납고 더 흉포해 보이지만, 이 강시에게선 천중산에서 여자 강시를 처음 보았을 때의 그 본능적으로 와 닿던 공포가 느껴지지 않았다.

섬뜩하다 못해 그저 마주한 것만으로도 나락으로 떨어지는 듯한 그 아득한 절망감도 이 강시에게선 받지 못했다.

굳이 재 보지 않아도 안다.

분명 여자 강시보다 약하다.

그것이 '이 정도면 한번 해볼 만하겠는데?' 라는 마음을 자꾸만 부추긴다.

찰나간 루하의 시선이 표사들을 훑었다.

역시 지친 기색이 완연했다.

그들도 이젠 이대로는 답이 없다는 것을 알았는지 이를 악물고 참았던 피로가 곱절로 밀려드는 얼굴들이다.

이 답답한 상황을 타개할 만한 마땅한 방법을 찾지 못해 난감해하고 있는 모옹과 한 자루 칼에 의지해 비틀거리며 이제야 겨우겨우 신형을 일으키고 있는 장청, 아직도 생사가 불분명한 상태의 만량보, 곽철, 조인청……

결심했다.

"다들 내 뒤로 물러서요!"

까짓 한번 붙어 보기로.

루하의 명에 모옹도 표사들도 잠시 어리둥절한 눈으로 루하를 본다.

루하가 다시 외쳤다.

"나 혼자 한번 해볼 테니까, 일단 다들 뒤로 빠져 있어 봐요!"

하지만 루하의 그 같은 명에도 누구 하나 뒤로 빠지지 못하고 있었다.

십만 대군으로도 막지 못한 강시다.

무림맹을 비롯해서 각지에서 의기로 모인 삼만 명의 무림 고수들도 감히 상대할 엄두를 내지 못했다.

더구나 그들은 루하의 지금 실력을 정확히 알지 못하고 있었다. 그들이 직접 눈으로 확인한 거라고는 기껏해야 팔공산에서 잔혹도마 구귀광을 상대로 싸우던 모습뿐이었다.

그 대단했던 잔혹도마조차 이 눈앞의 강시에 비하면 정말이지 하찮고 미미한 존재였다.

잔혹도마를 죽인 그 대단한 업적도 이 눈앞의 강시를 상대해야 하는 일에 비하면 시시하고 하잘것없는 일이다.

한데, 그런 강시를 단신으로 상대하겠다니?

그게 어디 가당키나 한 소리인가 말이다.

어떤 일에도 흔들림 없이 냉철했던 모옹조차 지금 루하

의 명만큼은 선뜻 받들지 못한 채 난처해하고 있었다.

그때였다.

"뭣들 해!"

갑자기 들려온 일갈에 눈을 돌려보니 장청이다.

"국주님이 명하시잖아! 다들 뒤로 빠져!"

몸조차 제대로 가누지 못하는 중에도 그의 목소리는 확고했다.

루하의 실력을 직접 눈으로 확인한 것은 그 역시 팔공산이 마지막이었다. 그래서 지금의 실력이 어떠한지, 얼마나 강해졌는지 확실하게는 모른다. 하지만 단 하나, 루하의 몸이 얼마나 단단한지만큼은 똑똑히 안다. 그 손으로, 그 칼로 직접 경험해 봤다.

강시를 이긴다 장담은 못 한다. 하지만 루하의 그 단단한 몸이라면 강시의 주먹에 결코 간단히는 부서지지 않을 것이라는 확신이 있다.

게다가 이 절체절명의 순간에도 보고 싶었다.

극심한 내상에 정신이 다 아찔해 오는 중에도 루하가 얼마나 강한지, 얼마나 강해졌는지, 산을 날려 버렸다는 그 터무니없는 소문의 실체를 이참에 자신의 눈으로 직접 확인해 보고 싶었다.

그래서 아직도 머뭇거리고 있는 표사들을 향해 다시 소

리쳤다.

"일단 뒤로 빠져! 안 되겠다 싶으면 그때 다시 진법을 발동해도 늦지 않아!"

말하는 중에도 울컥 피를 한 모금 뿌리지만 그의 눈빛만큼은 확고했다.

그제야 모웅이 망설임을 지웠다.

지금은 망설이고 있을 때가 아니었다. 이왕 이렇게 된 거라면 뒤로 빠져서 전열을 재정비해서 만일을 대비하는 것이 나았다. 그리고 쓰러진 세 명의 표사도 살펴야 했다.

하늘로 번쩍 주먹을 들어 올렸다.

"만개(滿開)! 익진(翼陳)! 퇴(退)!"

"만개(滿開)! 익진(翼陳)! 퇴(退)!"

복명복창이 이어지고 그 즉시 원형의 진세가 좌우로 활짝 펼쳐지는가 싶더니 마치 썰물이 빠져나가듯 강시와 루하만을 남겨 두고 뒤로 쫙 빠진다.

그렇게 그곳에는 루하와 강시만이 남았다.

"크르르르르……"

강시가 루하를 보며 사납게 이빨을 드러낸다.

그런 것과는 달리 그 핏빛 동공에는 짙은 경계가 있다.

지금까지의 그 흉포한 본성을 생각하면 당장이라도 달려들어 주먹을 날릴 것 같건만, 정작 이렇다 할 공격은 하지 못한 채 그저 흉흉한 살기만 뿌려 댈 뿐이다.

강시에게도 루하는 그런 존재였다.

불확실하고 찜찜해서 왠지 언짢고 꺼림칙한.

지금껏 루하와 부딪친 것이 총 여섯 차례.

흐트러진 진세를 보완하기 위해 급히 끼어들고 빠지고를 반복한 것이기에 비록 전력으로 부딪친 것은 아니지만, 그 가벼운 여섯 번의 충돌로도 루하가 결코 만만한 상대가 아니란 것을 아는 것이다.

강시의 그 같은 경계가, 그 같은 주저함이 반대로 루하에 겐 전의를 일깨운다.

마냥 괴물 같고 마귀 같던 이 미지의 존재가 비로소 사람처럼 느껴진다.

'그래! 잡을 수 있다!'

호기가 들끓는다.

'제깟 게 그래 봤자 강시지!'

지금까지 잡았던 강시보다 좀 더 강하고 좀 더 두꺼운 껍질을 입었다고 해도, 그 역시 이젠 이 갑자의 내공이 있고 그 내공과 섞인 조화지기가 있다. 능히 그 두꺼운 껍질을 베어 낼, 한층 더 날카로워진 검도 있다.

이기지 못할 이유가 뭐가 있으랴!

"그래! 한번 해 보자고! 이참에 나도 내가 얼마나 강해졌는지 확인해 보고 싶다 이거야!"

그리해 주저하고 있는 강시를 향해 검을 날렸다.

콰콰콰콰콰콰콰콰—

하늘이 놀라고 땅이 흔들린다.

뿌옇게 일어나는 먼지구름 속에서 벼락이 치고 천둥이
운다.

그것은 그야말로 경천동지(驚天動地)요, 건곤일척(乾坤一
擲)의 대결이었다.

장청도, 모용도, 표사들도, 그리고 겨우겨우 사천성 성문
을 넘은 피난민들과 병사들도, 북문 성루의 곽정도…… 그
놀라운 광경을 꿈꾸듯 멍하니 보고 있었다.

'저게……'

어떻게 가능하단 말인가?

십만 대군으로도 막지 못한 강시를 단신으로 상대하다
니?

눈으로 보고 있는데도 실로 믿기지가 않는다.

'저건…… 강시만 사람이 아닌 것이 아니지 않은가!'

그 무시무시한 강시를 상대로 쟁천표국이 진법으로 압박
해 갈 때도 어찌할 수 없는 두려움과 공포를 느꼈던 곽정이
지만, 지금 이 순간 그가 느끼는 것은 단지 두려움이나 공

포라는 단어로 설명할 수 있는 것이 아니었다.

차라리 신을 마주한다면 이러할까?

그것은 두려움 같은 감정조차 품을 수 없을 정도의 경이로움이었다.

그건 비단 곽정만의 감정이 아니었다.

곁에서 늘 루하를 보아 왔던 쟁천표국의 표사들도, 또한 피난민들과 병사들도, 그리고 대체 어쩐 일로 온 것인지 지금 막 부랴부랴 이곳에 도착해 루하와 강시의 싸움을 목격하게 된 구파의 장로들과 형산파 장문인 여문기도 그대로 얼어붙어 버렸다.

무슨 목적으로 온 것이든, 또 무슨 수작을 부리려던 것이든, 저 광경을 앞에 두고 그들이 달리 무슨 생각을 할 수가 있겠는가 말이다.

第六章

천하제일인(天下第一人)

여문기는 지금 눈앞에 펼쳐지는 가공할 만한 싸움에 그저 어안이 벙벙할 뿐이었다.

루하에게 씻을 수 없는 모욕을 당한 그가, 다시는 그 앞에 얼굴을 들이밀지 말라는 모욕적인 언사까지 들었던 그가 구대문파 장로들을 이끌고 이곳까지 달려온 것은 그럼에도 마지막 미련을 내려놓지 못한 때문이었다.

아무리 쟁천표국이 강시를 잡는 데 특화되어 있다고 해도, 그리고 강시를 잡을 수 있는 유일한 무기를 가지고 있다고 해도, 과연 그들의 힘으로 저 폭주 강시를 잡을 수 있을까?

못 잡는다.

'고작 표사들 따위가!'

십만 대군이 하지 못한 일을, 삼만 무림인조차 포기한 일을 해낼 수 있을 리가 없다.

폭주 강시는 단지 무기의 이점만으로 상대할 수 있는 존재가 아닌 것이다.

그리해 구대문파의 장로들이 도착하자마자 그길로 루하의 강시 진압대를 쫓았다.

당장이야 끼어들 명분이 없지만, 쟁천표국이 실패하면 그땐 자신들이 나서면 된다. 강시를 잡는 데 실패한 이상 더는 잘난 체하지 못할 테니까. 그땐 명분도 세상의 이목도 자신들의 편일 테니까. 그렇게 무기를 건네받고 나면 그때부턴 모든 것이 무림맹의 뜻대로 흘러갈 것이다.

잃어버린 명예, 떨어진 명성, 짓밟힌 자존심까지 모두 되돌려 놓을 수 있다.

쟁천표국의 표사들은 하지 못해도 구대문파의 장로들이라면, 그들의 손에 그 무기를 들려 준다면 무시무시한 폭주 강시라도 능히 잡아낼 것이라 생각했다.

'그렇게만 되면…… 감히 내 앞에서 무림맹을 모욕한 것이 얼마나 어리석은 짓이었는지 내 똑똑히 가르쳐 줄 것이야!'

그렇게 이를 갈며 절치부심의 마음으로 쫓아왔다.

폭주 강시 앞에 처참하게 부서지는 쟁천표국의 모습을 상상하며 그렇게 뒤쫓아 온 것이건만, 왜? 어째서? 쟁천표국의 표사들이 아닌 루하 혼자 강시와 싸우고 있단 말인가?

'아니, 그보다…… 삼만 무림인으로도 당해 내지 못한 저 괴물을 어찌 단신으로……?'

그것도 전혀 밀리지 않고 있다.

직접 눈으로 보고 있는데도 눈앞에서 펼쳐지고 있는 상황이 전혀 현실 같지 않다.

너무 강했다.

무섭도록.

정도를 넘어설 만큼.

그저 보고 있는 것만으로도 심장이 떨리고 머리털이 곤두설 정도로.

'사람이 아니다……!'

저런 자를 상대로 품었던 자신의 탐욕은 실로 가소로운 것이었다.

저런 자를 상대로 보였던 자신의 오만은 실로 무지하고 무모하기 이를 데 없는 것이었다.

지금 이 순간 여문기를 휩싸는 것은 공포도 경외도 아니었다.

그저 한없이 작아지고 초라해지는 자신의 존재에 대한 회의이자 절망이었다. 그건 그만큼 루하의 존재가 아득히 커지고 멀어진다는 의미였지만, 정작 루하는 여문기가 이곳에 온 사실조차 모르고 있었다.

강시와의 싸움이 그만큼 긴박한 탓도 있지만, 사실 지금 루하는 그 긴박함에 어울리지 않게도 꽤나 신이 나 있었다.

지난날 팔공산에서 잔혹도마를 상대한 후로 지금껏 온 힘을 다해서 싸워 본 적이 없었다. 스스로 하루가 다르게 강해지고 있다는 걸 느끼는데도, 강시의 내단을 흡수한 후로는 온몸이 넘쳐 나는 힘으로 들끓는데도 그 힘을 제대로 써 본 적이 없었다. 강시를 잡을 때는 물론이고 심지어 수련을 할 때도 연무장 땅이 파일까, 담벼락이 무너질까, 또 혹여 사람이 다치지나 않을까 힘을 억눌러야만 했었다.

그런데 지금은 그럴 필요가 없다.

부서질 담벼락도 없고, 다칠 사람도 없다.

그 넘쳐 나는 힘을 폭주 강시가 다 받아 내어 준다.

그리해 검 끝에 모든 힘을 다 실었다.

가진 힘을 전부 다 토해 내는 것이 이렇게도 시원할 줄 몰랐다. 이렇게 짜릿하고 재미있는 것일 줄 몰랐다.

그 바람에 여기가 어디인지도, 무엇을 하러 온 것인지도, 강시를 죽여야 한다는 생각조차도 하지 못했다. 그저 검을 휘두르는 그 자체에만 흠뻑 빠져 있었다.

그럼에도 루하의 검은, 검을 통해 뿌려지는 힘은 점점 더 강해졌다. 아니, 강해진다기보다는 능숙해지고 세련되어진 다고 하는 것이 맞았다.

처음에는 몸속에서 제멋대로 날뛰는 그 힘이 온전히 통제가 되지 않았다.

덜커덕거리는 느낌이라고 할까?

힘을 내뿜는 것도, 조절하는 것도, 투박하고 거칠었다. 하지만 쓰면 쓸수록 익숙해지고 원활해진다. 말도 안 되게 강한 기운이 자유자재로 다루어진다.

그래서 더 신이 났다.

그렇게 루하가 신이 나면 날수록 반대로 강시는 수세에 몰렸다.

연신 뒤로 물러나며 방어에 급급했다. 그저 흉포한 본성으로 번뜩이던 핏빛 동공에도 처음으로 당혹감이 어렸다.

지금껏 겪어 보지 못한 강력한 반발과 저항에 어리둥절 해하기도 하고 의아해하기도 한다. 하지만 그건 잠깐이었다.

"크르르르르."

답답함과 짜증 뒤에,

"크아아아앙!"

더 사납게 흉성(凶聲)을 폭발시킨다.

단지 포효성만 커진 것이 아니었다.

꽉 쥔 주먹이 갈고리처럼 변하며 푸르스름한 강기에 휩싸인다 싶은 순간,

쿠오오오오오—

대기가 들끓고 바람이 부서진다. 그리고 그것은 이내 루하를 향해 곧장 뻗어 갔다.

그때까지도 한창 신이 나서 검을 휘둘러 대던 루하가 뭔가 섬뜩한 공기를 느끼며 흠칫한다. 하지만 그때는 이미 강기로 덮인 강시의 갈고리 손이 당장 루하의 심장을 꿰뚫을 듯이 가까이에 이르러 있었다.

"헛!"

그 생각지도 못한 일격에 루하가 다급성을 토하며 급히 검을 들어 올렸다.

까가가가가강—

소름 끼치도록 날카로운 쇳소리가 귀를 파고들고,

"크윽!"

루하가 짧은 신음을 내뱉으며 무려 십여 장이나 주르륵 미끄러졌다.

이를 악무는 입가로 한 줄기 선혈이 흘러내린다.

검으로 강시의 갈고리 손을 막았는데도 그 푸르스름한

강기의 여파에 기혈이 진탕된 것이었다. 그보다 더 등허리를 서늘하게 만드는 것은 그 갈고리 손과 맞닿은 검이었다.

금강한철로 만들어진, 그것도 강시의 내단으로 한 번 더 제련을 해서 더욱더 단단해진 그 검날에 미세하게나마 이가 나가 있었던 것이다.

"청강마조(靑罡魔爪)!"

그때 누군가의 입에서 그 네 글자가 비명처럼 터져 나왔다.

'청강마조?'

처음 듣는다.

하지만 비명처럼 터져 나온 그 목소리만으로도 결코 예사로운 무공이 아님은 분명히 알 수 있었다. 아니, 굳이 그 목소리가 아니어도 루하는 온몸으로 체감을 하고 있었다.

도검이 불침했던 그의 몸이 타격을 입지 않았는가 말이다.

어디 그뿐이랴. 그것만으로도 놀랍고 아찔한 노릇인데, 절대로 부서지지 않을 것 같았던 금강한철의 검에 상처까지 입혔다.

루하로서는 그야말로 경악할 노릇이었다.

마음가짐이 달라졌다.

지금 자신이 이곳에 무엇을 하러 왔는지, 저 눈앞에 있는 강시가 얼마나 무서운 존재인지 새삼 현실을 다시 인식했다.

혼자 신나 있을 때가 아니었다.

놀이 상대가 아니다. 저 손에 이미 수만 명이 목숨을 잃었다. 자칫하다가는 자신 또한 그 수만 명 중 하나가 될 수 있는 생사대적이다.

그렇게 마음을 달리 먹은 루하는, 두 번째 공격을 가하기 위해 자신에게로 곧장 덮쳐들고 있는 강시를 향해 거침없이 검을 뻗었다.

슈아아아앙—

루하의 검 끝에서 대기를 할퀴는 날카로운 파공성이 울린다.

달라진 마음가짐만큼이나 지금 루하의 검은 강하고 날카로웠으며 압도적으로 빨랐다.

그건 강시의 청강마조 또한 마찬가지였다.

그리해 기와 기가, 힘과 힘이, 살의와 살의가 허공중에 부딪쳤다.

까아아아아아앙—

불꽃이 튄다.

손과 검이 아니었다. 그것은 강기와 강기의 대결이었고, 어지러이 흩날리는 불꽃 또한 화염의 파편이 아니라 강기의 파편이었다.

그리고 기와 기, 힘과 힘의 대결은 루하의 우세였다. 루하의 검과 부딪힌 강시의 손이 튕겨져 오른 것이다.

그 순간, 루하가 오른발을 크게 내디뎌 강시의 품속으로 파고들며 그 기세 그대로 검을 내리그었다.

서걱―

손끝에 닿는 감각이 묵직했다.

"크헝!"

강시가 놀람에 찬 비명을 토하며 급히 뒤로 물러난다.

상처는 깊지 않았다. 하지만 그것은 폭주 강시와의 전투가 시작된 후 강시의 몸에 처음으로 낸 상처였다.

그 작은 상처가 루하에게 확신을 준다.

'통한다!'

강시의 내단으로 한 번 더 제련된 검이 폭주 강시에게도 통한다는 사실을 확인하자 루하의 공격은 더욱더 거침이 없어졌다.

쉬지 않고 몰아쳤다.

까가가가가강―

강시의 손이 방해를 했지만, 그럴수록 루하의 검은 더 빨라지고 더 날카로워지고 더 과감해졌다. 그리해,

서걱―

두 번째 공격이 들어갔다.

"크허헝!"

이번의 비명은 처음 것보다 컸다. 검상 또한 처음 것보다 깊었다. 검을 쥔 손에 닿는 감각 또한 조금 더 묵직했다.

"그래! 바로 이 맛이거든!"

이길 수 있다.

천하를 발칵 뒤집어 놓은 이 괴물을 잡을 수 있다.

그것도 그 혼자만의 힘으로.

생각이 거기에 이르자 어떤 짜릿한 전율이 정수리를 타고 발끝까지 이른다.

강시를 향하는 눈에는 승리에 대한 확신이 담기고, 강시를 향하는 검은 둑 터진 봇물처럼 줄기줄기 사방으로 기를 뿌린다.

그리고 몰아쳤다.

늦가을 폭풍우처럼 거칠게.

초원 위를 내달리는 혈랑처럼 사납게.

반대로 강시는 둔해지고 있었다.

수만의 군대를 상대로도 지칠 줄 모르던 강시가 그 단단한 몸에 하나둘 늘어나는 검흔만큼, 깊어지는 상처만큼 조금씩 둔해지고 약해진다.

"그래! 넌 오늘 뒈진 거라고 복창하면 돼!"

확실하게 승기를 잡았다.

"크아아!"

비명인지 포효인지 모를 괴성을 내지르며 발악을 해 보지만, 강시의 공격은 루하에게 전혀 닿지 않는다.

오히려 그럴 때마다,

서걱—

루하의 검이 여지없이 강시를 벤다.

베고 또 베었다.

잔혹하고 비정하게. 거의 난자를 하다시피 하며 휘몰아치는 루하의 검은 그야말로 강시를 압도하고 있었다.

그때였다.

"우와아아아! 삼절표랑 만세!"

난데없이 환호성이 터졌다.

성문 앞 피난민들 중 하나였다.

대부분이 성문을 넘은 가운데 호기심에 고개를 내밀고 구경하던 몇몇 중 하나가 흥분해서 그렇게 소리를 지른 것이었다.

아직 싸움이 끝나지도 않았건만, 심지어 워낙에 빨라서 눈에 제대로 보이지도 않았건만, 그저 어렴풋이 느껴지는 그 상황이 너무 놀랍고 흥분되어서 조급히 터져 나온 환호였다.

그 환호에 옆에 있던 병사들이 반응하고,

"와아아아! 삼절표랑 만세! 강시를 죽여라!"

뒤이어 북문 수비대 전체가 같은 흥분으로 함성을 질러
댄다.

"쟁천강림! 탕마멸사!"

"쟁천강림! 탕마멸사!"

조금은 유치하고 그래서 오히려 더 가슴 뜨거운 쟁천표
국의 구호가 북문 수비대 전체에 장엄하게 울려 퍼진다.

비록 그 구호에 동참하지는 않았지만 곽정도, 전중도, 전
장에서 쟁천표국의 뒤를 지키고 있는 철기대도, 그리고 여
문기를 비롯한 구대문파의 장로들마저도 지금 이 순간만큼
은 휘몰아치는 전율 속에서 뜨거운 눈길로 루하를 보고 있
었다.

그건 쟁천표국의 표사들이라고 크게 다르지 않았다.

다만 다른 이들의 시선이 그저 믿기 힘든 것에 대한 경
외와 경악이라면, 표사들의 것은 그들과 달리 놀람 속에 의
문, 흥분 속에 희열이 섞여 있었다.

늘 가까이에서 보던 루하다.

팔공산에서도 보았고, 강시를 사냥하면서도 보았다.

그래서 루하의 대단함을, 그 강력한 힘을 누구보다 잘 알
고 있다 자부하는 그들이었다. 그런데, 완전히 잘못 알고
있었다.

적어도 그들이 짐작하고 있던 루하의 힘은 지금 저렇듯 폭주 강시를 상대로 드잡이질을 할 만큼은 아니었으니까 말이다.

'저 인간 저거 대체 정체가 뭐야?'

지금까지는 생각해 본 적이 없던 의문이었다.

팔공산에서 처음 만난 루하는 비록 극강의 무공을 지니고 있었지만, 그 근본만큼은 자신들과 마찬가지로 배운 데 없고 막 굴러먹은 그런 동류의 인간으로 보였었다.

그래서 편히 대할 수 있었던 것인데, 지금 저 모습은 과연 그들이 알고 있던 그들의 주군이 맞나 싶을 정도로 터무니없이 강했다.

도무지 사람 같지 않았다.

루하의 실력을 곁에서 줄곧 보아 왔는데도, 휘두르는 검술 하나하나 동작 하나하나가 다 눈에 익은 것인데도, 낯설고 멀다.

하지만 그러한 감정은 그저 부질없이 스쳐 가는 티끌 같은 감정의 편린일 뿐이다. 지금 이 순간 그들의 감정을 지배하는 것은 너무나 당연하게도 뿌듯함과 자부심, 그로 인한 가슴 벅찬 희열이었다.

정승 집 개도 주인의 세가 강하면 짖는 소리부터 달라지는 것이 세상의 이치인데, 사람이야 오죽하겠는가.

지금 그들의 주인은 삼만 무림인들도 하지 못한 일을, 십만 대군도 해내지 못한 일을 세상이 보는 앞에서 단신으로 해내고 있는 것이다.

그 짜릿함 앞에서, 그 감격 앞에서 표사들은 자신들이 직접 강시를 토벌하지 못한 것에 대한 아쉬움 따위는 눈곱만큼도 보이지 않았다. 오히려 자신들이 직접 저 폭주 강시를 잡았다고 해도 지금만큼의 흥분은 없었을지도 모른다.

그랬다면 루하의 진정한 실력을 보지 못했을 테니까.

저 놀랍도록 강한 모습이 만천하에 드러나는 일도 없었을 테니까.

세상의 눈이 달라질 것이다.

무림맹도 군부도 그 누구도, 단지 무기의 이점을 얻은 것일 뿐이라며 무시하고 깔보는 일도 더는 없을 것이다.

저 모습을 보고 앞으로 어느 누가 감히 쟁천표국 앞에서 고개를 추켜들 수가 있겠는가 말이다.

그러한 흥분이 피를 뜨겁게 하고, 그러한 통쾌함이 쿵쾅쿵쾅 심장을 널뛰게 한다. 그리해 끊임없이 울려 퍼지고 있는 쟁천표국의 구호를 누군가 따라 외친다.

"쟁천강림! 탕마멸사!"

지금껏 강시를 잡을 때마다 들었던 구호였지만, 정작 표사들은 왠지 낯간지럽고 유치해서 단 한 번도 직접 그 구호를 입에 담은 적이 없었다. 그런데 지금 이 순간 그 구호는 표사 사무영(司武英)을 시작으로 오철(悟徹), 운경(雲景), 공가(孔茄), 명신(銘晨)으로 이어졌고, 이내 표사들 전부가 그 낯간지럽고 유치한 여덟 글자를 따라 외치기 시작했다.

"쟁천강림! 탕마멸사!"

뜨겁고 격정적이다.

"쟁천강림! 탕마멸사!"

가슴 밑바닥에서부터 끌어 올려 터트리는 여덟 글자에는 쟁천표국 표사로서의 자부심과 루하에 대한 자랑스러움이 가득했다.

그렇게 천지가 떠나갈 듯 울려 대는 쟁천표국의 구호 속에서 루하의 검도 한층 더 힘과 속도를 높였다.

이미 막바지였다. 검상이 하나둘 늘어날수록 상흔은 깊어져 이제 강시의 몸은 금강석처럼 단단하지도 천잠사처럼 질기지도 않았다.

온몸이 찔리고 베인 자국으로 낭자한 중에도,

"크아아앙!"

힘껏 저항을 해 보지만 이젠 그마저도 무의미한 발악일 뿐이었다.

'이제 끝장을 본다!'

그리해 루하가 땅을 박찼다.

슈아아아앙―

그의 몸이 공간을 부쉈다.

촤아아아앙―

그의 검이 대기를 갈랐다.

그리고 베었다.

검로도 초식도 없었다.

그냥 베고 또 벤다. 위에서 아래로, 아래에서 위로, 좌에서 우로, 우에서 좌로 때론 사선으로 수십 번, 수백 번, 수천 번.

"으아아아아!"

비명인지 기합인지 모를 괴성을 토해 내며 미친 듯이 검을 휘둘렀다. 그렇게 가진 모든 힘을 토해 냈을 때, 온몸을 난자당한 폭주 강시의 몸이 쩌저저적 갈라지는가 싶더니,

퍼엉!

폭발했다.

그리해 그곳에 루하 혼자만이 덩그러니 남게 되었을 때,

"와아아아아!"

함성이 터졌다.

"강시를 잡았다! 삼절표랑이 강시를 죽였다! 와아아아아!"

함성은 지금까지보다 몇 배는 더 크고 우렁찼다.

성안으로 들어가 몸을 숨기고 있던 피난민들까지 우르르 몰려나와 양팔을 번쩍번쩍 치켜들며 삼절표랑을 연호한다.

폭주 강시가 무서웠던 만큼, 폭주 강시의 등장에 절망했던 만큼, 폭주 강시를 잡아 달라는 마음이 간절하고 또 간절했던 만큼, 루하가 만들어 낸 이 기적 같은 승리와 구원이 기쁜 것이다.

그런데, 그러한 열렬한 찬사와 환호를 한 몸에 받는 루하의 모습이 어딘지 이상했다.

여운이 아직 가시지 않은 눈빛으로 조금 전까지 강시가 있었던 곳을 하염없이 바라본다. 그러다 자신의 검을, 그 검을 든 손을 또한 멀뚱히 내려다본다.

두 눈에 의아함이 드리워진다.

의아함의 뒤에는 깊은 사색이, 사색의 뒤에는 어떤 희열이 스쳐 간다.

루하가 돌연 가부좌를 틀고 앉은 것은 바로 그때였다.

"……!"

순간, 환호로 들끓던 장내에 그야말로 찬물이 끼얹어졌다.

세상을 죽음의 공포로 몰아넣던 폭주 강시를 잡았다.

그것도 단신으로.

온통 찬사가 쏟아지고 있는 이때, 승리의 기쁨을 한껏 만끽해도 모자랄 판에 난데없는 가부좌라니?

의아함 속에 일어나는 불길함은 쟁천표국 표사들의 몫이었다.

그들이 아는 루하는 이 상황에서 다른 이들보다 더 흥분하고 더 달아올라서 자신의 업적을 더 크게 떠들어 대면 떠들어 댔지, 조금 지쳤다고 가부좌나 틀고 앉을 위인이 아니었다.

'설마…… 부상?'

정말 어디 크게 내상이라도 입은 것일까?

그렇게 모두가 걱정으로 루하를 보고 있을 때였다.

돌연 가부좌를 틀고 앉은 루하의 몸에서 색색의 아지랑이가 피어오르더니, 이내 오색찬란한 빛 무리가 되어 루하를 감싼다.

그 속에서 루하의 몸이 두둥실 떠올랐다.

그리고 벗겨져 내린다. 피부가, 살결이, 껍질이…… 거기에 새살이 돋고, 돋은 새살이 다시 또 벗겨져 내린다.

그때 그 기괴한 광경을 지켜보던 누군가의 입에서 반신반의하며 흘러나오는 한 마디.

"환골……탈태?"

순간 모두의 눈이 경악으로 부릅떠졌다.

환골탈태라니?

설마 지금 그들의 눈앞에서 일어나고 있는 것이 무림사에 이야기로만 전해지는 그 기적이란 말인가?

'설마 그럴 리가' 하면서도 '어쩌면'을 떠올리게 된다.

도무지 믿기지가 않는데도 마냥 부정해 버릴 수가 없다.

그들의 눈앞에서 벌어지고 있는 기사(奇事)는 환골탈태 말고는, 달리 설명할 수 있는 길이 없기 때문이다.

정말 환골탈태란 말인가?

정말로 지금 삼절표랑이 환골탈태를 이루고 있는 것이란 말인가?

폭주 강시를 단신으로 잡아 버린 삼절표랑이다.

저게 정녕 환골탈태가 맞는다면, 허면 대체 환골탈태를 이룬 다음에는 얼마나 더 강해진단 말인가?

*　　　*　　　*

루하가 이상한 감각을 느낀 것은 몸속 들끓는 기운을 주체할 수 없어 '으아아아아!' 열화를 토하며 수백 번, 수천 번 강시를 정신없이 난도질할 때였다.

검에 모든 기를 담아 뽑고 또 뽑다 보니, 어느 순간 문득 단전 아주 깊고 깊은 곳에서 기이한 꿈틀거림이 있었다.

그것은 단단하면서도 뜨거운 기운이었다. 검을 휘두를

때마다 조화지기가 요동치며 밖으로 뿜어져 나가고, 그럴 때마다 마치 안개가 걷히듯 비워진 그 단전 속에 단단하고 뜨거운 기운이 새초롬히 머리를 내민다.

처음에는 뭔지 몰랐다.

삐죽 내미는 머리만으로는 그 완전한 모습이 그려지지 않았다.

그때부터 루하가 보는 것은 더 이상 강시가 아니었다. 검을 휘두르는 목적 또한 강시가 아니었다.

새초롬히 머리만 삐죽 내밀고 있는 '그것'의 완전한 모습을 보는 것. 왠지 그 순간만큼은 그것이 루하에게 가장 중요한 일이 되어 버렸다.

내뻗는 검이 빨라졌다.

휘두르는 검이 강해졌다.

검에 담기는 기운이 또한 많아졌다.

그렇게 단전이 비워져 갈수록 모호하고 흐릿하던 것이 딱 그만큼 선명해졌다.

그리해 강시가 갈기갈기 찢겨 폭발했을 때, 마침내 '그것'이 완전한 모습을 드러냈다.

'내단이다!'

그랬다.

그것은 분명 강시의 내단이었다. 조화지기에 쌓여 감쪽

같이 종적을 감췄던 강시의 내단이 지금껏 그의 단전 깊은 곳에서 그렇게 꼭꼭 숨어 있었던 것이다.

다급해졌다.

그동안 그토록 보고 싶었던 녀석을 겨우 찾아냈건만, 그 순간 급속도로 채워지는 조화지기에 다시금 묻히려 하고 있었다.

지금 이 기회를 놓치면 언제 다시 보게 될지 모른다.

잡아야 했다.

어떡하든 붙들어야 했다.

그 순간 루하가 떠올릴 수 있는 것은 운기행공뿐이었다.

그리해 가부좌를 틀었고, 조화지기에 묻히려는 내단의 머리채를 겨우겨우 잡아 운기를 시작했다.

일주천, 이주천, 삼주천…… 그렇게 다섯 번을 돌렸을 때 처음으로 내단에서 기운이 스며 나왔고, 다시 두 번을 더 돌렸을 때 스며 나온 기운이 조화지기와 섞였다. 그때부터는 기억이 없다. 그저 아득해지는 정신 속에 세 번째 환골탈태가 시작되었다는 것만 어렴풋이 느껴질 뿐이었다.

얼마나 지났을까?

루하가 눈을 떴다.

눈을 뜨고 가장 먼저 시야에 들어온 것은 장청과 모웅,

그리고 표사들이었다.

"국주님, 괜찮습니까?"

모웅이 걱정스럽게 물어 왔다.

루하는 가까이에서 한가득 느껴지는 인기척에 잠시 대답을 미루고 쓰윽 주위를 둘러보았다.

표사들의 뒤로 곽정을 비롯한 철기대 군사들이, 철기대 군사들의 뒤로 북문 수비대가, 북문 수비대 뒤로 피난민들이, 한쪽에는 또 무슨 수작을 부리러 온 것인지 무림맹의 여문기도 보인다.

'겹겹이 참 많이도 에워싸고 있네.'

그들을 보며 하나 알게 된 사실은 역시 시간이 많이 흘렀다는 것이다.

운기조식을 시작했을 때와 시각은 크게 차이가 나지 않아 보이는데, 자신을 둘러싼 인파 중에 간간이 꾸벅꾸벅 졸고 있는 사람들이 더러 보였다.

적어도 하루, 어쩌면 그 이상의 시간이 흘렀음이 틀림없었다. 그 시간 동안 이 많은 사람들은 줄곧 자신이 눈뜨기만을 기다리고 있었던 것이다.

대강의 상황을 파악한 루하가 이내 시선을 거두고 몸을 일으켰다.

그런 그를 보며 이번엔 장청이 물었다.

"그거…… 대체 뭐였던 거냐? 너한테 대체 무슨 일이 일어난 거야? 정말…… 환골탈태였던 거냐?"

순간 정적이 들어찼다.

다들 숨소리조차 죽인 채 루하를 본다.

지금 장청의 질문은 사실 지난 사흘 동안 그들 모두가 궁금해하던 것이었다.

그 대답 하나를 듣기 위해 밤잠까지 설쳐 가며 줄곧 루하가 깨어나길 기다리고 있었다. 그들이 본 것이 정말로 환골탈태가 맞는지, 그 기적 같은 기연을 정말로 루하가 이루었는지……. 더러는 기대로, 더러는 호기심으로, 더러는 감출 수 없는 시기와 불안으로, 그렇게 루하가 깨어나기를 기다렸다. 그런 만큼 지금 이 순간 모든 이들이 신경을 곤두세우는 것은 너무도 당연한 일이었다.

루하가 그 같은 시선들을 다시 한 번 쓰윽 훑었다.

꼴깍—

누군가의 침이 목구멍을 타고 넘어가며 오히려 정적의 깊이를 더한다.

루하는 잠시 갈등했다.

자신에게야 이제 크게 대수로울 것도 없는 일이지만, 이 일이 무림인들에게 얼마나 충격적인 일일지 충분히 짐작하고도 남았다.

괜히 시끄러워지는 것도 싫고 또 감출 수 있는 것이라면 최대한 감추는 것이 나중을 위해서라도 현명한 일이었다.

하지만 이미 다 봐 버렸다.

감춘다고 감춰질 일이 아닐뿐더러 이제 나중을 걱정할 필요도 없다.

폭주 강시도 잡았는데, 지금은 그전보다 더 강해졌는데, 대체 무엇을 꺼리고 무엇을 두려워하겠는가 말이다.

그리해 루하는 피식 입꼬리를 말아 올리며 대답했다.

"예! 정말로 환골탈태를 했습니다. 다들 보셨다시피!"

설마 했다.

환골탈태일 거라 짐작은 했지만, 그러면서도 설마 하는 마음들이 있었다. 그러나 지금 이 순간 루하의 그 한마디에 모든 것이 분명해졌다.

역시 환골탈태였다.

대체 어떻게 그렇게 난데없이 그런 일이 벌어진 것인지는 모르지만, 그들이 보고 있는 이 젊은 사내에게 정말로 기연이 찾아온 것이었다.

허면…… 폭주 강시를 잡은 그 가공할 만한 힘에 더해 천년 무림사에 손꼽히는 기연까지 얻었다면 대체 이 사내는, 삼절표랑이라 불리는 이 젊은 영웅은 지금 얼마나 강한 것인가?

그렇게 모두가 경악한 시선으로 삼절표랑을 보는 그때,

"처, 천하제일!"

겹겹이 둘러싸인 인파 속에서 누군가의 떨리는 목소리가 흘러나왔다.

뒤이어 그보다 크고 우렁찬 목소리가 그 반대편에서 터져 나왔다.

"사, 삼절표랑이 천하제일인이다! 삼절표랑이 천하제일인이야!"

웅성거림이 인다.

그렇게 시작된 소란은 마치 불길처럼 번져 가며 삽시간에 사천성 북문을 시끌벅적하게 만들었다.

이곳엔 이십만 인파가 있었다.

북문 수비대를 비롯해 군부 최강의 부대인 철기대도 있었다.

심지어 형산파 장문인 여문기와 오십 명의 구대문파 장로들도 있었다.

하지만 루하를 향해 올려 퍼지는 '천하제일인' 다섯 글자에 대해 어느 누구도 토를 달지 못했다.

어찌 토를 달겠는가.

천하제일을 두고 천하제일이라 부르는데.

고금을 통틀어 천하제일인 이 다섯 글자가 그보다 더 잘 어울리는 자가 없을진대.

그런 것이다.

"우와아아아! 삼절표랑이 천하제일인이다!"

지금 이 순간 루하는 만천하로부터 천하제일인으로 공중을 받고 있는 것이었다.

第七章

천 년 내공

그렇게 치열했던 강시와의 전쟁을 끝내고 루하는 부상자
들의 치료를 위해 전중이 내준 북문 수비대의 임시 막사에
여장을 풀었다.

뒤척뒤척.

밤이 늦어 침상에 누웠건만 좀처럼 잠이 오지 않는다.

'삼절표랑이 천하제일이다!'

수십만 인파가 한목소리로 외치던 그 말이 아직도 귓가
에 쟁쟁한 때문이었다.

"천하제일이라……."

그 네 글자를 읊조리는 것만으로도 가슴이 뜨거워진다.

그러고 보면 이 년 전 처음 강시를 잡은 후부터 지금까지 강시 사냥이 가능한 유일무이한 존재로 세상의 온갖 찬사를 받아 왔지만, 자신의 이름 앞에 '천하제일' 그 네 글자를 붙여 주는 사람은 단 한 명도 없었다.

어디 그뿐이랴. 무림사를 거슬러 올라가도, 천년의 세월 동안 숱한 거인들이 명멸해 갔지만 천하제일이라 불린 자는 세 명도 되지 않을 것이다.

그렇게 특별하고 영광된 칭호를 들었으니 주체할 수 없이 벅차고 설레는 거야 당연했다.

억지로 잠을 청해 보려 해도 자꾸만 히죽히죽 실소가 난다.

아무래도 이대로는 잠을 자긴 틀렸다.

그렇잖아도 사람들에게 시달리느라 세 번째 환골탈태 후 뭐가 얼마나 달라졌는지 제대로 파악을 못 했다. 이참에 달라진 몸의 상태도 살필 겸 한바탕 땀이라도 빼자는 생각에 침소를 나왔다.

"거참, 달 한번 크기도 하네."

만월이다.

구름 한 점 없다.

차가운 밤공기를 맞으며 루하가 향하는 곳은 북문 수비대의 대연무장이었다.

마음 같아서는 북문 밖, 강시와 싸웠던 곳으로 가고 싶었다. 이미 사방이 폐허가 되어 버린 터라 마음껏 검을 휘둘러도 부담이 없는 곳이었다. 하지만 그곳은 내일 날이 밝는 대로 원래 있던 삶의 터전으로 돌아가기 위해 피난민들이 고단한 몸을 누이느라 이미 자리를 다 차지하고 있었다.

그래서 아쉬운 대로 택한 곳이 북문 수비대가 군사 훈련을 하는 대연무장이다.

그런데 그렇게 대연무장에 도착하고 보니, 그 늦은 시각까지도 훈련에 열중인 사람들이 있었다.

'……?'

북문 수비대 병사들이 아니었다.

하나같이 낯이 익다.

그도 그럴 것이, 이곳 대연무장에서 이 늦은 시각까지 차디찬 밤공기에 하얀 입김을 뿌려 대며 진법 훈련에 열중인 사람들은 다름 아닌 쟁천표국의 표사들이었던 것이다.

'다들 웬 달밤에 체조들이야?'

달밤에 체조라 치부하기엔 그들이 쏟아 내는 기합성이, 흘리는 땀이 너무 진지했다.

그래서 더 이상하다.

누가 도적 출신 아니랄까 봐 땀 흘리는 걸 그렇게도 싫어하던 인간들이다. 표국에 있을 때도 설란의 독려 없이는 자발적인 훈련 참여는 꿈도 꿀 수 없었다. 설득하고 협박하고, 꽥꽥 소리를 질러야 겨우 싫은 내색을 팍팍 내며 마지못해 훈련에 참가하던 인간들이 이 늦은 시각까지, 심지어 북문 수비대의 대연무장까지 빌려 진법 훈련에 매진하고 있다니?

'뭐지? 왜들 이래? 어울리지 않게……?'

의아해하는 그때, 등 뒤에서 불쑥 그에 대한 대답이 들려왔다.

"쓸모없어질까 봐 겁들이 나는 거지."

뒤를 돌아보니 장청이다.

안색은 창백하고, 눈빛은 탁하다.

아직도 내상이 제대로 회복이 되지 않은 상태였다.

"좀 괜찮아요?"

"안 괜찮다."

"근데 왜 나와요? 찬바람 맞아 봐야 회복만 더뎌질 텐데."

"저 녀석들이 저러고들 있는데 나 혼자 방에만 처박혀 있기가 뭐하잖아."

"그래 봤자 그 몸으로는 저기에 낄 수도 없잖아요."

"그래도 여기에 있는 편이 마음은 편하니까."

"어울리지들 않게 대체 왜들 저런데요? 쓸모없어질까 봐 겁이 난다는 건 또 뭐구요?"

"허면 지금 우리 표국에 저 녀석들이 있을 자리가 있나?"

"그게 무슨 말이에요? 있을 자리가 있냐니?"

"저 녀석들이 필요가 있냐 묻는 거다. 폭주 강시조차 혼자서 잡아 버린 네놈이 아니냐? 그러니 다른 강시야 말할 것도 없겠지. 꼬리 표행단도 강시 사냥도 이제 혼자서 충분히 가능하다는 것이 증명되었는데, 저 녀석들이 무슨 필요가 있겠느냔 말이다."

"무슨 말씀이세요? 그럼 저더러 다 쫓아내고 일인 표국이라도 꾸리라는 말씀이세요?"

"네놈이 그러고자 마음먹는다면 못 할 것도 없지 않느냐?"

물론 하려고 마음만 먹는다면 못 할 것도 없다.

장청의 말대로 이번 일로 혼자서도 강시 사냥이 가능하다는 게 증명이 되었다. 거기다 이제 명성마저 천하를 뒤흔들 정도이니 그 혼자서 표행을 다닌다고 해도 감히 어느 누가 함부로 허튼 생각을 하겠는가.

'일인 표국이란 건 그 자체로 꽤 멋지기도 하고 말이지.'

뭐랄까…… 낭만적이라고나 할까?

하지만 그럴 생각은 추호도 없다.

"일인 표국은 말이에요, 말은 그럴듯하지만 결국 혼자서 고생하고 혼자서 바쁜 건데, 그 짓을 내가 왜 해요? 내가 왜 표국 운영을 지원대 형태로 바꾼 건지 정말 몰라서 그래요? 돈! 명예! 미녀! 사내대장부로서 가질 거 다 가졌는데, 뭐하러 그런 고생을 사서 하겠냔 말이죠. 난 이제 좀 편하게 살고 싶다고요."

그러니까 저들은 하나도 쓸모없지 않다.

"오히려 앞으로는 더 막 부려 먹을 생각이거든요? 갑옷과 무기의 성능도 확인이 되었겠다, 이번 일로 우리 표국의 명성도 한층 더 높아졌겠다, 이 정도면 내가 없어도 지난번 주마점에서와 같은 사고는 다시 일어날 염려도 없고. 그래서 돌아가는 대로 표국 일은 한동안 다 맡겨 두고 모처럼 푹 쉬면서 설란이랑 산천 유람이나 다녀 볼까 계획 중이었단 말이에요. 게다가 아까 총표두님도 들으셨잖아요. 사람들이 저더러 천하제일이라 외치는 거. 이제 제가 그런 사람이란 거죠."

명색이 천하제일이라고까지 불렸다. 앞으로는 온 세상이 다 그를 그렇게 부르게 될지도 모른다. 그런 그가, 명색이 천하제일인이, 표행마다 쫄래쫄래 따라다니며 얼굴 팔고

다니는 것도 채신머리없는 짓이었다.

"그러니까 지금까지보다 몇 배는 더 열심히 일해 주셔야 해요. 아주 뼈가 가루가 되고 몸이 부서지도록 부려 먹을 거라는 거죠. 그러니까…… 굳이 저럴 필요 없다고 전해 주세요. 안 쫓아낸다고. 저러지 않아도 아주 등골이 휘어지도록 소처럼 부려 먹을 거라고."

애초에 표사들은 내쫓는다고 나갈 생각도 없었다.

갈 곳도 없다.

다시 산으로 들어가기에는 루하의 옆에서 좋은 세상을 너무 많이 봐 버렸다.

표사들은 그저…… 조금이라도 도움이 되고 싶은 것뿐이다.

천하제일이라 불리는 자의 옆에서 그 이름에 그저 얹혀 가는 것도, 걸림돌이 되는 것도 싫은 것뿐이다. 그러기 위해 저들은 지금 저들이 당장 할 수 있는 것을 하는 것뿐이었다.

표사들의 마음이야 루하도 알고 있었다.

그런 그들을 보고 있자니 괜히 마음이 간지럽다.

그래서 돌아섰다.

"어딜……?"

"몸이나 좀 풀어 볼까, 하고 나왔는데 다들 저러고들 있으니 어디 다른 곳이라도 찾아봐야죠. 근데 정말 여기서 계속 그러고 계실 거예요? 그러다 괜히 상처가 더 나빠져서 돌아가는 데 지장 생기는 거 아니에요? 저 진짜 우리 란이 보고 싶어 환장하겠거든요?"

"걱정 마라. 일정에 차질이 생기게는 하지 않을 테니. 아무렴 내가 내 몸 하나 건사 못 할까."

"흥! 그렇게 자기 몸 건사 잘하시는 양반이 왜 허구한 날 그렇게 얻어맞고 다니실까?"

"……"

이유야 어찌 되었든 무인으로서는 참 민망하고 부끄러운 일이기에 그저 농담처럼 던진 말에도 꿀 먹은 벙어리가 되고 마는 장청이다.

그런 장청을 보며 루하가 득의하게 피식 웃어 주고는 걸음을 옮겼다. 그가 향하는 곳은 병사들이 개인 수련을 하는 소연무장이었다.

구우우우웅—

단전이 끓고 그 안에 다섯 가지 조화지기가 꿈틀거린다.

다섯 가지의 지기가 이내 하나로 합쳐지고, 합쳐진 기운은 회음부를 돌아 척추를 타고 오른다. 그때부터 질주가 시작되었다.

장강(長强), 요수(腰腧), 양관(陽關), 명문(命門), 현추(懸樞), 척중(脊中), 중추(中樞), 근축(筋縮)…… 기경팔맥을 마치 성난 파도처럼 질주한 끝에 마침내 풍부혈(風府穴)에 이른 기운은 그대로 뇌 속으로 들어가 두정(頭頂)으로 빠져나오더니 이마와 코를 지나 인중에서 멈췄다.

그 직후였다.

루하의 몸에서 변화가 생겼다.

마치 환골탈태를 할 때처럼 그의 몸에서 오색의 아지랑이가 피어오른 것이었다. 다만 그때와 다른 것은 환골탈태 때는 오색의 빛이 그의 온몸을 감쌌다면, 지금은 아지랑이처럼 피어오른 오색의 빛이 각기 고리가 되어 그의 머리 위에 두둥실 떠올라 있다는 것이다.

그 고리는 운기가 계속될수록 점점 더 짙어지고 맑아져 유형화되어 갔다. 그리해 세 번의 운기행공을 마쳤을 때는 마치 손을 뻗으면 잡을 수 있을 것처럼 실체화되었다.

루하가 운기행공을 마치고 단전에 모아 둔 손을 푼 것은 그때였다. 순간, 실체화되었던 고리가 스스스 다시 연기처럼 변하더니 이내 루하의 콧속으로 빨려 들어갔다.

"후우……."

루하가 탄식과도 같은 숨을 토하며 눈을 뜬 것과 동시에 기체화된 고리가 모두 콧속으로 사라졌다.

그렇게 눈을 뜬 루하의 얼굴은 어딘지 기쁜 것도 같고 아쉬운 것도 같았다.

확실히 달라지긴 했다.

장소가 협소한 탓에 제대로 힘을 써 볼 수가 없어서 운기행공에만 집중한 것인데, 그것만으로도 이전과는 확연히 달라진 것을 느낄 수 있었다.

딱히 단전의 기운이 더 커지거나 더 강해진 것은 아니었다. 하지만 밀도라 할까? 그 안에 측량할 수도 없을 정도로 무겁고 단단한, 몇 배로 응축된 힘이 있었다. 그 바람에 운기행공을 하면서도 상당히 긴장해야 했다.

운기행공을 하면서 처음으로 주화입마의 두려움을 느꼈다. 자칫 통제력을 잃게 되면, 그 응축된 힘이 제멋대로 날뛰기라도 하면, 정말이지 그 후의 사태가 짐작이 되지 않았다.

지금 그의 단전에 깃들어 있는 것은 그만큼 강대하고 어딘지 폭력적이기까지 한 기운이었다. 모르긴 몰라도 세 번째의 환골탈태가 없었다면, 그래서 한층 더 그릇이 커지지 않았다면, 그는 그 강대하고 폭력적인 힘에 벌써 집어삼켜졌을지도 몰랐다.

'그랬다면 아마 나도 폭주 강시처럼 되었을지도 모르고.'

생각만 해도 실로 섬뜩한 일이 아닐 수 없다.

더 놀라운 것은 그런 엄청난 힘을 얻었는데도 강시의 내단이 다 흡수된 것이 아니라는 것이다.

다시 단전 깊은 곳으로 숨어 버려 흔적은 없지만, 분명 남아 있었다.

얼마나 남았는지는 모른다.

흡수한 만큼? 어쩌면 그 이상?

그래서 아쉬웠다.

이미 천하제일이라 불릴 만큼 강해졌지만 그럼에도 더 강해질 수 있다는 생각이, 그 욕심이 미련을 만들고 아쉬움을 키운다.

'만일 강시의 내단을 모두 다 내 것으로 만들 수 있다면……'

그땐 어떻게 될까?

문득, 설란을 처음 만났던 날 그가 조화지기를 얻은 것을 두고 설란이 했던 말이 떠오른다.

'넌 기연을 얻었어. 그것도 세상에 다시없을 진귀한 기연을 얻은 거야. 물론 당장은 그게 어떤 형태로 발현이 될지는 나도 몰라. 하지만 이것 하나는 장담할 수 있어. 그 기연이 네가 지금껏 보지 못한 세상을 보게

하고, 지금껏 살지 못한 세상을 살게 할 거라는 거.'

설란의 말대로 조화지기는 그가 지금껏 보지 못한 세상을 보게 했고, 지금껏 살지 못한 세상을 살게 했다.

그런데 지금, 강시의 내단을 모두 자신의 것으로 만들면 또 다른 세상이 열릴 것 같은 기분이 들었다.

그땐 어느 누구도 보지 못한 세상을 볼 수 있을 것만 같았다. 어느 누구도 살아 보지 못한 세상을 살 게 될 것만 같았다.

하지만,

"후우……."

루하는 조급증이 나려는 마음을 그렇게 추슬렀다.

지금은 때가 아니었다.

다시 꼭꼭 숨어 버렸지만, 그래 봤자 단전이다. 그 안에 있는 것을 아는 이상 찾고자 한다면 못 찾을 것도 없다. 하지만 무작정 억지로 끄집어내어서 될 일이 아니었다. 그러기에는 지금 그는, 그의 몸은 아무런 준비가 되어 있지 않았다. 때마침 다시 한 번 환골탈태를 이룰 수 있다면 다행일 테지만 만일 그렇지 않다면, 제대로 된 그릇이 준비되지 않은 채로 그 측량할 수 없는 힘을 끌어낸다면, 그땐 정말로 주화입마에 빠져 폭주 강시처럼 변할 수도 있는 것이다.

루하는 미련을 떨치고 가부좌를 풀었다.

그러고 보니 그사이 어느덧 날이 밝았다.

문득 표사들 쪽이 궁금해서 그는 대연무장으로 향했다.

하지만 그곳에는 훈련을 준비하고 있는 북문 수비대의 병사들만 있었다. 아예 밤을 꼴딱 새우지는 않은 모양이었다.

대연무장의 상태를 확인하고는 바로 처소로 돌아왔다.

어쩐 일인지 곽정이 처소 앞에서 그를 기다리고 있었다.

"무슨 일이십니까?"

"이곳 사천성의 포정사로부터 연락이 왔습니다."

"포정사요?"

순간 루하가 미간을 찡그렸다.

그다지 기분 좋은 이름이 아니다.

이유야 어찌 되었든 그 많은 피난민들을 사지로 내몬 장본인들이 아닌가.

"포정사가 왜요?"

"강시 진압을 축하하는 의미로 곧 연회를 열 것이라 합니다. 거기에 국주님을 초대했습니다."

루하의 찡그린 미간이 더 일그러졌다.

"사람이 얼마나 많이 죽어 나갔는데, 게다가 아직 뒷수습도 제대로 안 됐는데, 연회는 무슨 얼어 죽을 연회랍니까?"

"정 국주께서 이곳에 계실 때가 아니면 의미가 없으니까요."

"그게 무슨 말이죠?"

"이번 연회는 자신들의 공을 과시하려는 것인데, 그러자면 정 국주께서 계셔야 하니까요."

"아니, 지들이 한 게 뭐 있다고 공을 과시해요?"

공은커녕 피난민들을 사지로 몰아넣은 채 성문을 꼭꼭 닫아건 게 그들이 한 전부였지 않았던가 말이다.

"한 게 없으니까 더 보여 주려는 것이 아니겠습니까?"

기가 찰 노릇이다.

"나 참, 얼굴에 철판부터 까는 것이 정치의 시작이라더니……."

"어찌하시겠습니까? 연회에 가시겠습니까?"

"안 가요. 그딴 델 왜 가요?"

"공을 치하한다는 명분이니만큼 좋은 선물도 준비했을 것입니다."

"그딴 선물 필요 없거든요? 게다가 하나를 주면 두 개, 세 개를 달라는 게 정치꾼들인데, 하다못해 사천성에 있는 강시라도 잡아 달라 할 게 뻔한데, 내가 뭐가 아쉽다고 그런 인간들 정치 수발을 듭니까? 전혀 엮이고 싶지 않아요. 정치인들이랑 엮이는 건 진천왕야 하나로도 충분히 귀찮단 말이죠."

마음 같아서는 주세양과도 안면 몰수하고 싶었다.

병부의 인장으로 장난질을 쳐 대는 인간인데, 그를 가지고 또 무슨 장난질을 쳐 댈지 생각만 해도 벌써부터 골치가 아플 지경이었다.

"거참, 표사들 몸 좀 추스른 다음에나 떠날까 했더니만……."

"바로 돌아가실 생각이십니까?"

"부상자들은 따로 남겨 두더라도 내일 당장 산서로 돌아가야죠. 괜히 미적대다가 그런 인간들이랑 엮여서 좋을 게 없을 것 같으니까."

"허면 저는 저대로 일을 마무리하면 되겠군요."

왠지 차갑게 굳어지는 곽정의 눈빛에 루하가 흠칫하며 물었다.

"일을 마무리하다뇨?"

"그날 제가 죽인 북문 수비대 대장은 좌포정사의 사람입니다. 그리고 좌포정사는 장인의 반대편에 있는 서문가의 사람이구요. 이유 여하를 막론하고 죄를 만들려 할 것입니다."

"군령을 어겨서 군령대로 처리한 것뿐이잖습니까?"

"작금에 이 나라의 군령이란 건 하나에서 나오는 것이 아니라서 말입니다. 옳고 그름도, 공과 죄도 다 해석하기

나름이라 전장에서 적을 죽여도 정치 논리에 따라 역모가
되는 것이 이 나라의 현실입니다. 하물며 제 칼에 묻은 피
는 변방의 오랑캐도 역적 도당도 아닌, 나라에 공을 세워
온 이름 있는 장수의 것이었으니 거기에 얽힌 이해관계가
오죽 복잡하겠습니까?"

"그래서요?"

"말씀드렸다시피 공과 죄는 해석하기 나름입니다. 그렇
다면 그 해석을 저한테 유리하게 만들어야 하지 않겠습니
까? 그리고 제가 아는 '해석을 유리하게 만드는 방법'이란
건 하나밖에 없습니다."

"……"

"불리한 말을 하는 자의 입을 막는 것!"

곽정의 차갑게 굳어진 눈빛에 붉은 살기가 스친다.

곽정의 그 말인즉슨, 좌포정사가 자신에게 엄한 죄를 뒤
집어씌우기 전에 그가 먼저 좌포정사를 치겠다는 것이었다.

"애초에 피난민들을 버려두고 성문을 닫아건 것부터가
용납할 수 없는 일이었습니다. 그 자리에 있어서는 안 되는
자가 그 자리를 차지하고 있었던 만큼 자격 없는 자는 쳐내
야죠."

게다가 주세양도 평소 탐탁지 않아 하던 자였다. 사천성
이 서문가의 영향력 아래에 있는 것도 늘 못마땅해 했었다.

강시가 이곳을 덮친 덕분에 충분한 명분까지 생긴 지금, 칼을 뽑지 않을 이유가 없는 것이다.

"국주께서 연회에 참석해서 그와 어떤 관계를 맺으셨다면 다시 장인의 뜻을 살펴야 했겠지만, 그냥 돌아가시겠다고 하니 이젠 미적댈 이유가 없습니다."

역시 정치판은 적성에 안 맞다.

지저분하고 복잡하다.

한평생 변방에서 외적들만 상대해 온 무패의 장수조차 저렇게 정치적인 생각부터 하는데, 한평생 구중궁궐 깊은 곳에서 당쟁만 일삼아 온 노회한 정치꾼들의 머릿속은 또 어떻겠는가?

생각만 해도 아주 징글징글하다.

'그렇게 지들끼리 박 터지게들 싸우느라 어디 도적이 들끓든 강시가 창궐하든 신경 쓸 겨를이나 있었겠냔 말이지.'

그래서 이놈의 나라가 이 모양 이 꼴인 것이다.

복잡한 건 딱 싫다.

지저분한 일에 얽히는 것도 싫다.

"내일까지 기다릴 것도 없겠네요. 그냥 오늘 바로 산서로 출발하겠습니다."

그리해 루하는 당장 거동이 불가능한 세 명의 표사들과 부득불 자신도 따라가겠다는 장청을 억지로 떼어 두고 그 날 바로 산서로 떠났다.

산서로 가는 여정 동안 새삼 자신의 달라진 위상을 느꼈다.

가는 길목마다 그를 향해 쏟아지는 뜨거운 찬사 속에는 '천하제일'이라는 단어가 꼭 끼어 있었다. 처음에는 그저 몇몇일 뿐이었다. 하지만 사천에서 섬서로, 섬서에서 산서로 오는 동안 듬성듬성 외롭던 외침은 점점 떼 창으로 변해서 어느새 한목소리로 외쳐 댄다.

"와아! 삼절표랑이다! 천하제일인 삼절표랑이야!"

정말이지 들어도 들어도 질리지 않는다.

절세미녀의 속삭임인들 이렇게 설렐까?

꿀을 듬뿍 찍은 전병이 이처럼 달콤할까?

마음은 구름 위를 걷듯 붕 뜨고 꽃길을 걷듯 즐겁다.

그리고 그 길의 끝에 마침내 그리운 얼굴이 있었다.

그리 오래 떨어져 있지도 않았건만 그렇게 반가울 수가 없다.

절세미녀의 속삭임보다도 설레었던, 꿀 전병보다도 달콤했던 주위의 찬사가 그 순간만큼은 하나도 귀에 들어오지 않는다.

강시를 잡으러 가는 동안 쌓였던 긴장이, 이곳으로 돌아
오는 동안 더해졌던 피로가 그 순간 사르르 눈 녹듯 녹아내
린다. 거기에 금의환향의 우쭐함마저 더해져 그대로 달려
가 와락 껴안으려 하는데,

꼬꼬꼬 꼬꼬꼬 꼬꼬꼬—

설란을 덮치려는 그때, 그보다 먼저 닭수리들이 그를 덮
치는 것이 아닌가?

"뭐, 뭐야? 왜 이것들을 풀어놓은 거야?"

어깨에 올라와 정신없이 부리를 비벼 대는 녀석들을 억
지로 떼어 내며 설란에게 물었다.

설란이 말도 말라는 듯 볼멘소리를 냈다.

"모이를 주려고 모이통을 여는데 이것들이 갑자기 부리
로 내 손을 쪼아대며 뛰쳐나오잖아."

"뭐? 그래서 다쳤어?"

루하가 급히 설란의 손을 살폈다.

"아냐, 다치진 않았어."

설란의 말대로 다행히 손은 말짱해 보였다.

"아무튼 너 없다고 얼마나 제멋대로들 구는지……. 매일
사고란 사고는 다 쳐 대는데 도무지 어떻게 할 방법이 있어
야 말이지. 내 말을 듣기를 하나, 그렇다고 내 힘으로 잡을
수가 있나……. 정말이지 속이 새까매질 지경이었다니까."

어찌나 분하고 속이 상했는지 닭수리들을 향하는 설란의 눈동자에는 원망과 함께 눈물까지 글썽이고 있다.

그 가여운 눈망울을 보고 있자니 울컥 살의가 치민다.

"내 이것들을 당장!"

루하의 분위기가 심상치 않자 겁을 집어먹은 닭수리들이 화들짝 놀라서는 급하게 날아오른다. 하지만 루하의 손이 그보다 빨랐다.

날아오르려는 닭수리들의 목을 간단히 움켜쥐어 버렸다.

"니들!"

살기등등한 기세로 손에 잡힌 닭수리들을 노려보자, 이번엔 닭수리들이 닭똥 같은 눈물을 뚝뚝 흘릴 듯이 불쌍한 눈망울을 한다.

그러나 소용없었다.

"내가 분명히 말했지? 나를 보듯이 얘를 대하라고! 안 그럼 찜 솥이든 화로 속이든 들어가게 될 거라고! 오늘 한번 제대로 꼬치에 꿰어 줄까? 불판에 한번 제대로 구워 봐?"

겁도 겁이지만, 루하가 격한 말을 내뱉을수록 닭수리들의 눈망울에서 연인에게 버림받은 듯한 실의와 나라라도 잃은 듯한 서러움이 서글프도록 진하게 배어난다.

그 모습이 조금 짠하긴 했다.

그러나 그것이 어디 설란의 눈물에야 비하겠는가.

이참에 아주 단단히 버르장머리를 고쳐 줄 생각으로 더욱더 모질게 마음을 먹는 루하다.

그때, 옆에서 보기 안쓰러웠는지 설란이 루하를 말렸다.

"그만해. 그렇다고 얘네들이 마냥 사고만 친 건 아니니까. 나름 쓸 만한 일도 했어."

"쓸 만한 일?"

"응. 따라와 봐."

설란이 그렇게 말하며 루하를 표국 안으로 이끌었다.

설란을 따라 루하가 도착한 곳은 제약실이었다.

"잠깐 기다려 봐."

총총걸음으로 제약실에 들어간 설란이 제법 큼직한 옥함 하나를 들고 나왔다.

"뭔데 그게?"

"강시의 내단. 아니, 내단 조각."

"……?"

설란이 옥함을 열어 보이자 그 안에는 설란의 말대로 낯익은 모양의 내단 조각이 있었다. 그런데 하나가 아니었다. 수북하게 쌓여 있었다.

"이게 다 뭐야? 설마 이 녀석들이……."

"응. 괴수들을 사냥하고 가져온 거야."

"이게 다 몇 갠데?"

"이백열두 개."

"그동안 많이도 잡았네."

"하루에 한 번씩 밖을 나가서는 이렇게 몇 개씩 가져오더라고."

하지만 그 수북이 쌓인 내단 조각을 보면서도 루하는 시큰둥했다. 이미 강시의 내단만 해도 열 개 넘게 있는데 이런 조각들 따위가 뭐가 그리 대수랴 싶은 것이다.

그런 루하를 보며 설란이 의아히 물었다.

"너 아직 소문 못 들었어?"

"소문? 무슨 소문?"

"못 들었어? 지금 온통 그 얘기로 무림이 떠들썩한데?"

"응?"

"강시의 내단 조각 말이야. 이거…… 하나당 적게는 오 년에서 많게는 십 년까지 내공을 증진시켜 준다는 게 밝혀졌잖아. 그것 때문에 지금 다들 괴수 사냥으로 난리 통이고. 여기까지 오는 동안 못 들은 거야?"

못 들었다.

가는 길마다 천하제일을 외쳐 대는 통에 거기에 정신이 팔려서 다른 소문은 귀에 닿지도 않았다.

그 생소한 이야기에 루하가 멀뚱히 설란과 내단 조각들

을 번갈아 본다. 잠시간 그 눈동자에 황당함이 일고,

"그럼…… 이거면…… 이백열두 개니까……."

황당함은 이내 흥분이 되고 놀람이 된다.

"그럼 여기에 담긴 게…… 적어도 천 년 내공이라는 거
야?"

第八章

공신 책봉

처음 그 소문이 시작된 것은 복건성의 구화산(九華山)에서였다.

두 달 전, 구화산에서 정체를 알 수 없는 괴수에게 사냥꾼들이 계속해서 죽임을 당하자 인근의 동해방(東海幇)이란 문파에서 괴수 사냥에 나섰다가, 동원된 서른두 명의 제자가 모조리 몰살을 당하는 사건이 있었다.

그때까지만 해도 복건성 무림인들은 크게 생각지 않았다. 동해방이란 곳이 워낙에 작고 영세해서 복건성에서조차 이름이 알려지지 않은 소문파였기 때문이다. 하지만 동해방에 이어 동해방주의 사문인 창해일문(蒼海一門)이 토벌대를 꾸려 구화산에 올랐다가 그들마저 거의 전멸에 가까운 피해를 입고 돌아오자 상황은 달라졌다.

창해일문은 이백 년의 전통을 자랑하는 복건성의 터줏대감이었고, 문주 창천검(蒼天劍) 을해율(乙海率)은 강남 무림에서 가장 강한 스물여덟 명의 검객, 일명 강남이십팔검(江南二十八劍)의 일인이었다. 그런 창해일문이, 창천검 을해율까지 포함된 토벌대가, 고작 괴수 한 마리에 당한 것이다.

비록 폭주 강시와 쟁천표국에 세상의 이목이 모두 집중되어 크게 주목받지는 못했지만, 적어도 복건성에서만큼은 일대 충격적인 소식이 아닐 수 없었다. 그리해 삼 차 토벌대가 꾸려졌다. 창천검 을해율과 평소 교분이 두터웠던 복건 무림의 고수들은 물론이고 복건칠패(福建七覇)라 불리는 복건성 최강의 일곱 문파까지 참여한 대대적인 규모의 토벌대였다.

"그래서? 어떻게 됐는데?"

설란의 설명을 듣던 루하는 흥미가 동하는 눈으로 재촉했다.

"잡긴 잡았어. 토벌대에 참여한 고수 백오십 중에 절반 이상이 괴수한테 목숨을 잃긴 했지만."

"괴수가 그렇게 강해? 내단에 비하면 티끌만 한 조각일 뿐이라며?"

"그렇지. 내단 조각 자체에는 그렇게 큰 힘이 깃들어 있진 않아. 다만 그 힘과 만난 게 네발 달린 야수라는 게 문제지. 내단 자체의 힘이라기보다는 내단으로 인해 변이를 일으키면서 본래 가진 그 뛰어난 운동 능력이 몇 배나 증가되었으니…… 빠르고 강하고, 거기다 변칙적이기까지 하고. 들어 보니까 강시와 유사하게 일반적인 도검으로는 잘 베이지도 않는다고 해. 그러니 무림 고수들도 애를 먹을 수밖에 없지."

설란의 설명에 루하가 새삼스러운 눈으로 닭수리들을 본다.

닭수리들은 그때까지도 조금 전 그 서럽던 충격에서 벗어나지 못한 채 안절부절 루하의 눈치를 살피고 있었다.

그런 닭수리들을 보며 지난번 표행 중에 괴수를 만났던 일을 떠올려 보는 루하다.

복건 무림의 고수들이 떼로 덤볐는데도 막심한 피해를 입어야 했던 괴수를 정말이지 압도적으로, 마치 고양이가 쥐를 사냥하듯 때려잡던 녀석들이 아니던가.

'이것들을 뭐에 써먹나 싶었는데, 아예 쓸모가 없지는 않은 모양이네.'

아무렴, 천 년 내공을 물어다 오지 않았는가 말이다.

그 덕에 닭수리들을 보는 루하의 눈이 한결 누그러졌다. 그러자 루하의 눈치만 살피던 닭수리들이 슬그머니 그의 어깨에 날아와 앉아 부리를 비비며 아양을 떤다.

손에 들린 천 년 내공 때문일까?

사람이 참 간사한 것이, 조금 전까지만 해도 그렇게 화가 났는데 이젠 살짝 귀엽다는 생각마저 든다.

그러다 문득 생각이 나서 설란에게 물었다.

"그래서 내단 조각은? 괴수를 잡았으면 내단이 나왔을 거 아냐?"

"토벌대를 이끌던 회룡검(廻龍劍) 곡생(曲生)이 먹었어."

"뭐? 아니, 그걸 왜?"

"자세한 사정이야 모르지만, 괴수를 잡고 괴수가 토한 내단 조각을 회룡검 곡생이 얼떨결에 손에 쥐었는데, 그 순간 자기도 모르게 충동적으로 그걸 먹었다는 거야. 아마도 일전에 네가 강시의 내단에서 느꼈던 충동이랑 비슷한 것 같은데……."

"크기도, 깃든 기운도 훨씬 작잖아? 그럼 그 충동도 훨씬 약한 거 아냐? 겨우 그 정도 충동에 그 위험한 물건을 먹었다고?"

"그 후의 사례들을 보면 딱히 그렇지도 않은가 봐. 무슨 이유인지는 모르겠지만, 오히려 내단보다 그 조각이 더 강한 충동을 일으키는 것 같아. 만지는 순간 이성을 잃어버릴 만큼."

"난 그런 느낌 전혀 못 느꼈는데?"

루하도 표행 중에 닭수리들이 처음으로 괴수를 사냥했던 날 내단 조각을 만졌다.

"네 몸에 깃든 강시의 내단 때문에 면역이 생긴 것일 수도 있고, 아니면 조화지기가 어떤 작용을 하는 것일 수도 있고. 아무튼 그렇게 내단 조각을 먹은 회룡검 곡생이 그 자리에서 운기조식을 하고 나서 말한 거야. 십 년의 내공을 얻었다고. 지금 괴수 사냥으로 이 난리 통이 된 것도 거기서 퍼져 나간 소문이 시작이었던 거지."

오 년에서 십 년의 내공.

일 년의 내공만 늘릴 수 있다 해도 눈이 벌게져서 달려들 무림인들에겐 그야말로 다시없을 보물이 아닐 수 없었다. 하물며 대륙 곳곳에서 그 같은 괴수들이 포착되고 있는 상황이다.

한 마리만으로도 오 년에서 십 년의 내공이라 하지 않는가?

두 마리라면? 세 마리라면? 다섯 마리, 열 마리라면?

'눈이 돌아가지 않는다면 무림인이 아니겠지.'

폭주 강시를 잡으러 다녀오는 그리 길지 않은 시간 동안,

괴수 사냥에 무림이 들끓고 있다는 것도 이해가 된다.

"근데…… 이거 그렇게 막 먹어도 되는 거야? 전에 그랬잖아. 무지 위험한 물건이라고."

"일반인에게는 그렇지만 무림인에게는 크게 부작용이 없을 거라고도 말했지."

오히려 약간의 내공 증진 효과도 기대할 수 있을 거라고 했으니 그 말이 딱 맞아떨어진 셈이다.

역시 설란은 언제나 옳다.

"그럼 먹어도 된다는 거지?"

"왜? 먹게?"

"적어도 천 년 내공이라며? 욕심이 안 날 리가 없잖아."

"아직 강시의 내단도 다 흡수를 못 했다면서?"

"뭐, 그거는 그거고 이거는 이거지. 잘게 부서진 거니까 오히려 이게 더 흡수는 잘될지도 모르잖아."

"그럴 수도 있긴 해. 하지만 안전까지는 장담 못 해."

"아니, 왜? 무림인에게는 크게 부작용이 없을 거라며?"

"그것도 한두 개일 때 얘기지. 여러 강시에게서 나온 것들이 마구 섞여 있는 거잖아. 그럼 그 성질 또한 여러 가지라는 거고. 지금 네 몸 상태에서 천 년 내공을 더하는 것만 해도 위험천만한 일인데, 그게 다 제각기 다른 성질이기까지 하다면 그 뒤가 어떻게 될지 나인들 어떻게 알겠어?"

루하의 얼굴이 이내 실망으로 찡그려졌다.

"뭐야, 그럼? 천 년 내공이고 뭐고, 나한텐 전혀 쓸모없 단 거잖아?"

"쓸모가 없긴 왜 없니? 온전한 내단만큼은 아니지만 여 러 방면으로 충분히 활용 가능하고, 게다가 그냥 내다 팔아 도 엄청난 돈이 될걸? 너 돈 좋아하잖아?"

"아까 못 들었어? 나 이래 봬도 천하제일이라고 불리는 몸 이거든? 크게 문호를 열어도 모자랄 지경인데 모양 빠지게 내공 장사나 하라고? 돈이야 이미 차고 넘쳐 날 지경인데?"

천 년 내공이란 말에 한껏 달아올랐던 만큼, 그 마음이 식자 어떤 것에도 흥미가 동하지 않는다.

그런 루하를 보며 설란이 어이없어한다.

"그럼 뭐, 내공은 부족하니? 지금 가진 내공만 해도 천 하를 날려 버릴 정돈데? 아직 흡수되지 않은 건 또 어쩌 고?"

"정치꾼들의 권력욕이 마르는 거 봤어? 장사치들의 금욕 (金慾)이 채워지는 거 봤어? 무인한테 내공이 그런 거라고. 아무리 많아도 더 갖고 싶은 게 내공이란 말이지."

"그럼 일단 아직 흡수 못 한 내단부터 다 네 것으로 만든 다음에, 그래도 정 부족하다면 그냥 온전한 내단을 하나 더 취해. 차라리 그 편이 더 안전할 테니까."

"거봐, 결국 이건 나한테 필요 없다는 거잖아."

그렇게 금방 흥미를 잃고는 내단 조각이 담긴 옥함을 닫아 버린다. 그러고는 옥함을 한쪽으로 밀쳐 버리고 화제를 돌린다.

"그건 그렇고…… 오는 동안 내내 곰곰이 생각을 해 봤는데 말이야, 땅을 좀 사야겠어. 한 오천만 평 정도? 수련장으로 그 정도 크기는 되어야 아무래도 좀 편하게 힘을 쓸 수 있을 것 같단 말이지. 그 김에 표국을 그곳으로 이전해 버리는 것도 괜찮고. 내가 명색이 천하제일인인데 그런 내가 거하기에 이제 이곳은 너무 작지. 음…… 이왕이면 온천을 끼면 좋겠네. 이번에 가는 길에 화청지에 들렀는데 말이야, 해상탕이라고 너도 알지? 양귀비가 목욕을 했다는……."

혼자만의 생각에 푹 빠져서 그렇게 주절주절거리는 루하를 보며 설란은 여전히 어이없기만 하다.

'이렇게 소홀히 대접받을 물건이 아닌데…….'

무림인들은 저 내단 조각 하나를 차지하려고 칼부림까지 마다 않는 지경이었다. 실제로 운남(雲南)에선 적검문(赤劍門)과 운양문(雲揚門)이 애뇌산(哀牢山)의 괴수를 두고 소유권 다툼을 벌여서 양측이 다 상당한 피를 흘리기도 했다.

그랬다.

지금 루하가 시큰둥하게 밀쳐 버린 저 물건으로 인해 세상이 다 미쳐 날뛰고 있었다.

내공에 대한 탐욕.

그 탐욕은 적검문과 운양문의 다툼을 시작으로 대륙 각지에서 끊임없이 분쟁을 야기했다. 선점의 권리도 분배의 원칙도 제대로 서지 않은 상태에서 독자적으로 괴수 사냥이 가능한 문파는 문파대로, 그렇지 못한 문파는 연합을 만들어서라도 마구잡이로 괴수 사냥에 뛰어들다 보니, 내공에 대한 그 치열한 탐욕 속에서 무림은 그야말로 무법천지가 되어 가고 있었다.

차라리 무림맹이라도 멀쩡했다면 그처럼 무법천지가 되지는 않았을지도 모른다. 무림 천년의 역사에서 항상 질서의 중심이 되어 왔던 구대문파가 온전히 제 역할을 할 수 있었다면, 전 무림이 그처럼 맥없이 물욕에 휩쓸려 가지는 않았을 것이다.

하지만 이제 더 이상 무림맹은, 구대문파는 무림의 질서를 수호하는 곳이 아니었다. 그럴 힘도 의지도 없다. 심지어 점창파는 무력을 앞세워 귀주 일대의 산을 통제하고 직접 괴수 사냥에 나서기까지 해 그 일대 무림인들의 원성이 자자했다.

그러니 무림맹에 무슨 기대를 할 수 있겠는가. 폭주 강시

의 일로 완전히 유명무실해져서 집안 단속도 안 되는 지경
인데.

그렇게 엉망진창인 상황이었다.

거기에 그동안 숨죽이고 있던 녹림도마저 여봐란듯이 괴
수 사냥에 뛰어드는 통에 무법천지를 넘어 아예 아수라장
이 되어 가고 있는 무림이었다.

* * *

"난리네, 난리야."

루하가 제약실로 들어서며 고개를 잘래잘래 저었다. 그
런 그의 얼굴은 어딘지 즐거워 보였다.

설란이 물었다.

"왜? 또 무슨 일인데?"

"강서련 알지?"

강서련이라면 강서성의 군소문파들이 괴수 사냥을 위해
만든 단체였다.

"강서련이 왜?"

"얼마 전 옥화산에 괴수가 발견되어서 괴수 사냥을 나갔
다고 하더라고."

"근데?"

"괴수 사냥에 성공하자마자 박룡채(搏龍寨)에 뒤통수를 까인 거지. 근데 더 웃긴 건 그런 박룡채도 흑포단(黑袍團)에 뒤통수를 까였다더라고. 결국 내단 조각은 흑포단의 수중으로 들어갔고."

흑포단은 무림인들이 괴수 사냥에 성공하면 그 순간을 노려 내단을 날치기해 달아나는 전문 날치기단이었다. 하지만 머리에서 발끝까지 온몸을 흑의로 감싸고 있는 데다 딱히 일정한 지역을 활동지로 두고 있지도 않아 누구인지, 몇 명으로 이루어졌는지조차 아무것도 알려진 것이 없었다.

"진짜 대단하지 않아? 벌써 여섯 개째야. 난다 긴다 하는 문파들조차 아직 여섯 마리를 사냥한 곳이 없는데 흑포단은 힘 하나 안 들이고 벌써 여섯 개를 모은 거라고. 대체 어떤 놈들일까?"

루하가 호기심으로 눈을 반짝반짝하자 설란이 어이없어했다.

"너도 힘 하나 안 들이고 저만큼 모았거든?"

설란이 눈짓으로 가리킨 것은 차곡차곡 쌓인 세 개의 옥함이었다.

세 개 중 다 채워진 두 개의 옥함 안에는 각기 삼백 개의 내단 조각이, 다 채워지지 않은 하나에는 백칠십 개의 내단 조각이 들어 있다. 모두 합해서 칠백칠십 개. 그동안에도 닭수리들이 부지런히 물어다 나른 덕분에 저만큼이나 쌓인 것이다.

"언제까지 계속 모을 거니? 쓸모없다며 내팽개칠 때는 언제고……."

"그래도 이왕이면 남이 가지는 것보다야 내가 갖는 게 나으니까. 게다가 녀석들도 즐거워하는 것 같고. 아무렴 닭장에 갇혀 지내는 것보다야 훨씬 낫겠지."

아닌 게 아니라, 그렇게 사냥을 갔다 오고 나면 꽤나 피곤했는지 그대로 고개를 박고 꾸벅꾸벅 졸기 일쑤라 딱히 닭장에 가둬 놓을 필요도 없었다.

"그리고 이렇게라도 밥값을 해 줘야 나도 키우는 보람이란 게 있는 거고. 그러고 보면 정작 밥값을 해야 하는 사람은 왜 아직도 연락이 없어?"

"누구? 양 총관님?"

"땅 보러 간 지 벌써 두 달이나 넘었잖아. 설마 선수금 들고 뛴 건 아니겠지?"

"그분이 어디 그럴 분이시니?"

"그럴 사람은 당연히 아니지. 그래도 너무 늦잖아."

"오천만 평의 부지를 고르는 일인데 당연히 간단하게 될 리가 없잖아. 그래서 반년은 잡고 떠나신 거고. 뭘 벌써 그렇게 조급해해?"

"몸이 근질거려 죽겠으니까. 어디 한적한 곳에 가서 제대로 몸 좀 풀려 해도 이건 뭐 발끝에 치이는 게 무림인들이니……."

무림인들뿐만이 아니었다.

괴수가 있는 장소를 발견해서 그 정보를 파는 것만으로도 상당한 수입이 되는 터라 약초꾼부터 할 일 없는 한량들까지, 온 사방이 다 괴수 찾는 사람들로 바글바글거릴 지경이었다.

정말이지 자신만의 공간이 절실했다.

넓고 광활한, 그래서 마음껏 몸을 풀 수 있는.

그래서 이제나저제나 양윤이 돌아오기만을 목이 빠져라 기다리고 있는데, 정작 쟁천표국의 문을 두드린 것은 생각지 않게도 황궁이었다.

지난번 폭주 강시를 막은 일을 치하하기 위해 황제가 그에게 직접 공신 책봉을 한다는 것이었다.

'이건 또 뭐야?'

*   *   *

"끄응……."

루하가 팔짱을 끼고 앉은 채로 잔뜩 얼굴을 구긴다.

그런 루하의 시선은 황제의 인장이 찍힌 교서를 향하고 있었다.

"뭘 그렇게 꺼림칙해해? 나라에서 벌을 주겠다는 것도 아니고 상을 주겠다는 건데?"

"차라리 이게 나라에서 주는 상이면 괜찮지."

"이게 나라에서 주는 상이 아니면? 황제의 인장이 찍혀 있는데?"

"주색에 빠져서 황궁을 죄다 아방궁으로 만들어서는 벌건 대낮에도 후궁들과 운우지락에 여념이 없으시다는 우리 황제 폐하신데, 그 공사가 다망하셔서 정사는 돌볼 시간도 없으신 분께서 이런 걸 찍을 시간이나 있을 것 같아? 내 이름 석 자도 모르고 있다는 거에 내 전 재산과 손모가지를 걸겠어!"

"황제가 아니면 그럼 누가 너한테 이런 걸……?"

"진천왕."

"아……!"

"내가 뭐 벼슬아치도 아니고, 이딴 게 나한테 가당키나 하냐고. 분명 그 양반의 장난질일 거야."

루하가 영 찝찝해하는 것도 그 때문이다.

그가 본 진천왕 주세양이란 사내는 그다지 가까이하고 싶지 않은 사람이었다. 그의 장난질에 놀아났던 기억이 그다지 유쾌하지 않기 때문이기도 했지만, 도무지 속내를 알 수 없는 사람이기 때문이었다. 게다가 이 나라 최고 권력자 란 것도 불안하다.

흔히 정치하는 사람을 두고 불가근불가원(不可近不可遠) 이라 하지 않던가.

뭐 하나 아쉬운 것 없는 상황에서, 지금 자신에게 주어진 것들에 더할 수 없이 만족하고 있는 현실에서, 딱히 멀리할 필요는 없겠지만 굳이 가까이해서 좋을 것도 없는 사람인 것이다.

하지만 이미 맺어 버린 인연이다.

상대가 상대인 만큼 이 나라에서 밥 먹고 사는 한은 끊어 낼 수도 없다.

"황궁으로 갈 거야?"

"가야지. 대역 죄인이 될 수는 없잖아."

아무리 진천왕이 또 장난을 치는 거라 해도 황제의 인장 이 찍힌 것만은 분명한 사실이고, 황제의 명을 거부하는 건 그 자체로 이미 대역죄가 되는 것이 이 나라의 법이니까 말 이다.

"하긴, 나야 감지덕지할 일이네. 일개 쟁자수였던 내가 공신 책봉에 황궁 구경까지 하게 된 거니. 그리고 보면 울 아버지 소원이 자기 자식 땅 밥 말고 나랏밥 먹이는 거였는데, 이만하면 그 원풀이 실컷 해 드리는 셈인가?"

어차피 피할 수 없는 길, 좋은 쪽으로 생각하기로 했다.

"그런 김에 너도 같이 가."

"내가 왜?"

"그렇잖아도 너랑 산천 유람 한번 하려고 했거든. 그동
안 강시다 내단이다, 둘만 오붓하게 지낼 시간이 너무 없었
잖아."

원래는 다시 화청지에 같이 가 보고 싶었던 것이지만, 황
궁 구경도 썩 나쁘지 않을 것 같았다.

"갈 거지?"

잠시 갈등하는 듯하던 설란이지만 싫지는 않은지 고개를
끄덕인다.

"가는 길에 의선가에도 들르겠다면 난 좋아."

어차피 의선가는 북경으로 가는 길목에 있었다.

"두말하면 잔소리지!"

그렇게 북경으로의 산천 유람이 결정되었다.

＊　　　＊　　　＊

쏴아아아아—

"이놈의 비, 우라지게도 퍼붓네."

마풍객잔(馬風客棧)의 주인 양춘(陽春)이 쏟아지는 빗줄기를 보며 신경질적으로 투덜거렸다.

아직 해가 저물 시간이 아닌데도 하늘에 가득한 먹장구름과 굵은 빗줄기로 인해 날은 이미 어둑해져 있고, 벌써 열흘째 그칠 줄 모르고 쏟아진 때문에 땅도 이미 진창이다.

그래서일까?

"거참, 장사 한번 더럽게 안 되네."

그동안은 강시에 대한 공포로 손님 발길이 뚝 끊겨 죽을 지경이었는데, 다행히 요즘은 괴수 덕분에 세상이 들끓고 있어서 끊겼던 단골도 다시 오고 뜨내기손님도 제법 많아졌다. 그래서 이제 좀 한숨을 놓나 했건만, 아직 우기도 되지 않았는데 이 봄철에 웬 뜬금없는 비란 말인가?

"삼재는 삼재인 모양이야. 날씨까지 이리 도움을 안 주니."

아니, 사실 날씨 탓만 할 수는 없는 일이었다.

단지 날씨 때문이었다면 저 맞은편의 해월루(海月樓)가 저토록 사람들로 북적대지는 않았을 테니 말이다.

요 앞 운장산(雲橋山)에 괴수가 발견되어서 괴수 사냥을 위해 달려온 무림인들이라 했다. 날이 개기만을 기다리느라 벌써 칠 주야째 해월루에서 발이 묶여 있는 것이다. 거기다 제법 행세깨나 하는 무림인들인지 돈 씀씀이도 크다.

그런 것을 보면 오히려 이 궂은 날씨가 해월루에는 돈복을 가져다 준 셈이다.

그런 해월루에 비해 자신의 마풍객잔에는 기껏 와 있는 손님이라고 해 봤자 고기반찬은커녕 그 싼 죽엽청 한 병 시키지 않고 풀뿌리만 뜯는 손님이 다였다.

'생긴 것들은 멀쩡해 가지고 진상도 어찌 저런 진상들이 다 있는지…….'

가고 나면 소금이라도 뿌려야 할 판이다.

"역시 될 놈은 어쨌든 되고 안 될 놈은 뭘 해도 안 되는 거지."

장사할 팔자가 아닌가 싶기도 하다.

"요즘 괴수 추색이 제법 짭짤하다던데 그냥 다 때려치우고 나도 추색꾼이나 해 볼까?"

짜증스러운 마음에 그런 생각까지 해 보지만 어림도 없는 일이다. 그러기에는 그가 너무 겁이 많다. 아무리 먼저 자극을 하지 않으면 괴수가 일반인들은 공격하지 않는다지만 뱀에 물릴까 독충에 쏘일까 무서워서 산행조차 못 하는 그가 괴수 추색이 어디 가당키나 하겠는가 말이다.

그렇게 실없는 푸념을 하며 창가에 앉아 멍하니 빗줄기를 보고 있는데, 마풍객잔 앞에 웬 마차 한 대가 멈춰 섰다.

좀처럼 보기 드문 육두마차였다. 크게 화려하진 않지만

고급스럽고 정갈하다. 딱 보기에도 돈푼깨나 있는 자의 것이 틀림없었다.

하지만 마차에서 내리는 일남일녀의 행색은 의외로 수수했다. 지난달에 왔던 장사치처럼 색색의 비단으로 온몸을 감싼 것도 아니고, 지난겨울에 왔던 대가 댁 공자처럼 금대에 금구에 금반지, 금귀고리까지 온몸을 황금으로 금칠갑을 하지도 않았다.

어디서나 흔히 볼 수 있는 평범한 차림들이었다. 하지만 그럼에도, 삼십 년간 마풍객잔을 꾸려 오며 숱한 인간 군상들을 보아 온 그의 눈에 이제 막 약관이나 되었을까 싶은 청년은 그 어떤 장사치보다도 더 부유해 보였고, 그 어떤 귀공자들보다도 더 지체가 높아 보였다.

특히 청년의 뒤를 따라 마차에서 내리는 여인은 평범한 차림이 아니라 아예 거적때기를 입혀 놓아도 눈이 부실 것처럼 세상 다시없이 아름다운 여인이었다. 그녀의 얼굴을 확인하는 순간 세상에 닳고 닳아서 별로 놀랄 일이 없는 그조차 아예 '헉!' 하고 숨이 멎을 지경이었다.

'사, 사람인가……?'

그 옛날 주왕을 홀려 상(商)나라를 멸망케 한 달기의 모습이 이러할까? 서주(西周)의 유왕이 웃음 한 자락과 나라를 맞바꾼 포사의 모습이 저러할까?

눈으로 보고 있는데도 도무지 인세의 사람 같지가 않았다. 그런데, 그렇게 넋을 놓고 그 아름다운 여인을 보던 양춘이 움찔한 기색을 했다.

'어? 왜 여기로……?'

당연히 고급 주루인 해월루로 갈 줄 알았건만 그 순간 마차에서 내린 청년이 대뜸 여인의 손을 잡아 이끄는 곳은 황송하게도 누추하기 이를 데 없는 이곳 마풍객잔이었던 것이다.

그렇게 일남일녀가 마풍객잔 안으로 들어선 순간 그 안은 삽시간에 정적에 휩싸였다. 양춘은 물론이고 점소이 왕오도, 풀떼기나 뜯어 대고 있는 진상들도 일시지간 시간이라도 멈춘 것처럼 그렇게 정지해 버렸다. 물론 대부분이 사내들인 만큼 그 시선이 머무는 곳은 여인이었다.

그러거나 말거나 그런 반응이 아주 익숙하다는 듯 두 남녀는 아무렇지 않게 창가 가장 가까운 곳에 자리를 잡고는 손을 든다.

"여기 주문받아요."

청년의 부름에도 나이 어린 왕오는 여인의 미색에 홀려서 정신이 없다. 그나마 양춘은 피 끓는 청춘이 아니다 보니 왕오보다는 빨리 정신을 수습하고는 허둥지둥 두 남녀에게 달려갔다.

"무, 무엇을 주문하시겠습니까?"

"그냥 여기서 내올 수 있는 건 다 가져와 봐요."

청년의 말에 옆에 앉은 여인이 눈살을 찡그린다.

"다 시켜서 어쩌게?"

"어쩌긴 어째? 다 먹는 거지. 낮에 어영부영 끼니를 놓치는 바람에 아주 뱃가죽이 등에 달라붙었어. 봄이라 그런가, 요즘 나 식욕 완전 장난 아냐."

"아무리 그래도 그렇지⋯⋯."

"뭐 어때? 다 못 먹음 남기면 되지. 이래 봬도 나, 쟁자수일 때부터 먹는 거에는 돈 아끼지 말자는 주의였다고."

"이건 아끼지 않는 게 아니라 그냥 낭비거든?"

"까짓 낭비 좀 하지, 뭐. 이제 나, 낭비 좀 하고 살아도 되잖아."

청년이 능글맞게 씨익 웃자 그런 청년을 보며 여인이 곱게 눈을 흘긴다.

눈살을 찡그리고 흘기는 것조차 어찌나 귀엽고 예쁜지 다시금 멍하니 넋을 잃는 양춘이다. 그때 문득 생각났다는 듯 청년이 말을 건넨다.

"아, 그리고 여기⋯⋯ 온천 있죠?"

청년의 물음에 양춘이 화들짝 놀라 두둥실 떠올라 있는 넋을 겨우 붙들어 앉히며 대답했다.

"아, 예. 저기 운장산 해선봉(解船峰)이 온천으로 유명하
긴 합니다. 그래서 이름도 옷깃을 푸는 곳이라 해서 해선봉
이기도 하고…… 하지만 온천을 가실 거라면 이번은 피하
시는 것이 좋습니다."

"왜요?"

"괴수가 발견되어서요. 그것도 해선봉과 가까운 취조봉
(就趙峰)이라고 하니……."

"아, 어쩐지 저기에 무림인들이 많다 했더니 괴수 잡으
러 온 사람들이었나 보네."

청년이 사람들로 북적대는 해월루를 보며 그제야 이해
간다는 듯 고개를 끄덕인다.

양춘이 덧붙였다.

"가능하면 이번은 피하시는 게 좋을 테지만, 그래도 꼭
가고 싶으시다면 며칠 기다렸다가 괴수 사냥이 끝난 다음
에 가십시오."

"그래서 괴수 사냥은 언제 한답니까?"

"비가 그치면 바로 시작할 테지만, 이미 칠 주야나 발이
묶여 있는 터라 이 비가 언제 그칠지……."

양춘의 말에 청년이 여인을 본다.

"다른 지역에서 넘보기 전에 사냥을 끝내야 할 테니 마
냥 비가 그치기만을 기다리지는 못하겠지?"

"그렇겠지."

"칠 주야나 기다렸다면 기다릴 만큼 기다린 거고. 어쩌면 이거 생각지 않게 좋은 구경 할 수도 있겠는걸?"

"거길 따라가게?"

"온천 가는 김에 좋은 구경도 하는 거지. 말로만 들었지, 무림인들이 괴수를 사냥하는 건 한 번도 본 적이 없잖아."

꽤나 흥미로워하며 눈을 반짝이는 것을 보아하니 이미 결정을 내린 것 같았다. 그렇게 청년이 해월루의 무인들을 보며 눈을 반짝이고 있을 때, 여인은 여인 나름대로 다른 것에 흥미를 보이고 있었다.

건너 건너편의 자리에 앉아 있는 오남일녀였다.

나이는 대략 이십 대 중후반. 행색은 다들 수수한 경장에 과하지도 부족하지도 않게 차려입었다. 그런데도 설란이 관심을 보인 것은 그들의 외모가 그 수수한 차림에 어울리지 않게 화려하다는 것과 은연중에 뿜어내는 기도가 예사롭지 않다는 데 있었다.

'누굴까?'

아무리 봐도 이런 곳에서 흔하게 볼 수 있는 자들이 아니었다.

그렇게 청년은 청년대로, 여인은 여인대로 각기 다른 관심사에 빠져들자 혼자 뻘쭘해지는 양춘이다. 하지만 멍청히 있을 때가 아니었다. 여기서 내올 수 있는 음식은 다 내오라고 했다. 간만에 제대로 된 큰 물주를 만났는데 미적거릴 틈이 어디 있겠는가. 혹시라도 청년의 마음이 바뀔세라 부리나케 주방으로 달려갔다.

그렇게 양춘이 주방으로 사라졌을 즈음해서였다.

"저기 말이야."

여인이 조심스럽게 입을 뗐다.

당연히 여인은 설란이다. 그리고 청년은 물론 루하다. 황궁으로 가는 길목에 비를 만나 이곳까지 이른 것이었다.

"응?"

설란이 조심스럽게 말을 건네자 그때까지도 해월루의 무인들을 살피기에 여념이 없던 루하가 의아해하며 설란을 본다.

"저기 저들 말이야."

설란이 더더욱 조심스럽게 건너 건너편의 오남일녀를 눈짓한다.

"저들이 왜? 누군데?"

"아무래도 구대문파의 제자들 같아."

"뭐? 구대문파의 제자들이 왜 저런 복장들을 하고 있어?"

사문에 대한 자부심이 목숨보다도 강한 자들이 아니던

가. 그런 자들이 왜 그 존엄한 외양을 버리고 저런 모양새를 하고 있단 말인가?

"나도 그래서 좀 긴가민가했었는데…… 다른 건 몰라도 저기 저 검들, 분명 송문검이랑 청풍검이야."

송문검은 종남파 제자들이 쓰는 검이었고, 청풍검은 곤륜파의 것이었다. 어차피 루하야 봐도 잘 모른다. 알 필요도 없다. 그녀가 그렇다고 하면 그런 거니까.

"저 둘만이 아냐. 말투나 태도를 보면 분명 사문이 다른데도 스스럼없이 사형, 사제라 부르잖아. 구대문파의 제자가 타문파의 제자를 사형제라 칭하는 경우는 같은 구대문파일 때뿐이야."

"그럼 저들이 전부 다 구대문파의 제자라는 거야?"

"응! 확실해."

"대체 왜? 구대문파의 제자들이 왜 이런 데서 하나같이 저런 변복을 하고 있는 건데?"

"그거야 나도 모르지."

그렇게 루하와 설란이 의아해하고 있을 때였다.

루하와 설란이 그들에게 관심을 보이는 것처럼 그들 역시 루하와 설란에게 흥미가 동하는지 그중 하나가 벌떡 자리에서 일어나 다가왔다. 그리고 정중히 포권을 취해 보이며 제법 기개가 느껴지는 말투로 물었다.

"소생은 섬서의 이진운(理振雲)이라 합니다. 아무래도 예사 분들은 아니신 듯한데, 결례가 되지 않는다면 두 분의 존성대명을 여쭈어 봐도 되겠습니까?"

第九章

운장산의 도둑들

　스스로를 섬서의 이진운이라 밝힌 자는 송문검을 차고
있었다.

　그것이 더 확신을 준다. 송문검을 차고 있다는 것은 종
남파의 제자라는 뜻이고 종남파는 섬서에 있으니까.

　다시금 이게 뭐하는 짓인가 싶어 어리둥절한 설란과는
달리, 루하는 이 상황이 꽤 재미있는 듯 곧바로 일어서서
포권으로 인사를 받았다.

　"소생은 산서의 양윤이라 합니다."

　양 총관의 이름으로 자기소개를 한 루하가 슬쩍 설란에
게 눈짓을 하자 설란도 호응을 한다.

"예도향이에요."

도향은 의선가에서 가까이 지내던 의녀의 이름을 가져온 것이었다.

그렇게 루하와 설란이 가명으로 이름을 밝히자 이진운의 미간이 살짝 찌푸려졌다. 행색으로 보면 분명 예사 인물들이 아닌데 한 번도 들어 본 적이 없는 이름인 것이다.

"이거 제 견문이 너무 짧군요. 풍기는 기품들로 보아 분명 작은 이름은 아닐 터인데…… 어느 가문의 분들이십니까?"

이진운의 말을 설란이 받았다.

"이름이랄 것도 없어요. 저희 가문은 무림과는 크게 상관이 없는 곳이니 소협께서 저희의 이름을 모르시는 건 견문이 짧아서가 아니라 지극히 당연한 일이죠."

"허나 무공을 익힌 분들이신 듯한데……."

"그냥 호신을 위한 것일 뿐이에요."

은연중에 드러나는 기도와 무공을 익힌 자들이 아니라면 나올 수 없는 자세, 작은 몸놀림, 근육의 미세한 움직임까지……. 그냥 호신을 위해 익혔다고 하기에는 얼핏 보아도 상당한 수준임이 분명했다.

그럼에도 이진운은 설란의 말을 의심하지 않았다.

"그렇군요. 어쩐지……."

오히려 옅은 경계마저도 지우는 이진운이다.

군이 무가(武家)가 아니더라도 좋은 환경에서 나고 자란 자들 중에는 가문의 지원 아래 좋은 스승을 두고 꽤 높은 수준의 무공을 익힌 자들이 있었다. 구대문파만 하더라도 속가제자들 중에는 무림과는 전혀 상관이 없는, 유서 깊은 유림의 자제들도 더러 있을 정도였다.

무엇보다, 자신을 똑바로 올려다보는 저 크고 맑은 눈동자에선 일말의 거짓도 보이지 않았다. 아니, 저 어여쁜 입에서 나오는 말에 거짓이 있다는 것 자체가 말이 안 된다.

'아주 제대로 홀렸네.'

설란을 보는 이진운의 어딘지 들뜨고 상기된 얼굴을 보자면, 이건 뭐 하늘이 바다고 땅이 산이라 해도 믿을 판이다.

'하긴, 부처님 가운데 토막이거나 아주 특이한 취향을 가진 놈이 아닌 다음에야 저 미친 미모를 앞에 두고 온전한 이성을 유지한다는 것부터가 말이 안 되지.'

루하가 보기에도 요즘 설란의 미모는 아주 제대로 물이 올랐다.

수년을 매일같이 옆에서 보아 왔는데도 햇살이 비칠 때라든가 뭔가 혼자만의 생각에 잠길 때, 혹은 말똥말똥한 눈망울로 올려다볼 때면 심장이 쿵 하고 내려앉곤 할 지경이다. 그러니 그 미모를 처음 접하는 사내라면야 이성이고 심장이고 어디 제대로 작동을 하겠는가.

그렇게 한없이 감정적인 동물이 되어 있는 이진운을 보며 설란이 물었다.

"저는 오히려 소협이 궁금하네요. 분명 무명소졸은 아니실 텐데 섬서의 이진운이란 이름을 쓰는 젊은 협객에 대해선 들어 보질 못했거든요."

"무명소졸은 아니지만 그렇다고 널리 알려진 이름도 아닙니다."

"하긴, 이름의 크기가 실력에 비례하는 것은 아니니까요. 세상에는 의외로 알려지지 않은 실력자가 더 많죠."

이진운은 설란의 치켜세우는 말에 한껏 기분이 좋아져서는 우쭐한 웃음을 터트린다.

"하하하하, 과찬이십니다. 그저 제가 아직 부족한 것뿐입니다."

말은 겸허하지만, 그 속에선 자신감이 넘쳐흐른다.

"아, 이럴 게 아니라 이것도 인연이라면 인연인데 같이 동석을 하시지 않겠습니까? 그렇잖아도 저 친구들도 두 분에 대해서 궁금해들 하고 있고."

이진운이 슬쩍 자신의 일행들을 가리킨다.

확실히 호기심 가득한 시선들이다. 물론 그중 사 남의

눈은 전부 설란만을 향하고 있지만, 그렇다고 루하에게 아무도 관심이 없는 것은 아니었다. 설란에 비할 바야 아니지만 꽤나 강인해 보이면서도 화사한 외모의 여인만큼은 루하를 향해 호기심 어린 눈을 반짝이고 있었다.

루하는 잘됐다 싶었다.

구대문파의 제자들이 변복까지 하고 대체 무슨 일을 꾸미려는지 궁금하기도 한 데다, 지금 이 상황 자체로도 흥미롭다. 장난기도 발동한다.

그래서 곧바로 이진운의 제의를 수락하려는데, 설란이 선수를 쳤다.

"합석은 안 되겠네요."

설란의 말에 루하는 살짝 원망을 담아 못마땅한 표정을 지었고, 이진운의 얼굴에는 대번에 실망이 들어찼다.

"왜…… 혹시 저희가 무림인이라 꺼려지시는 것이라면 염려치 않으셔도 됩니다. 비록 거친 무림에서 나고 자랐지만 다들 예법을 모르는 사람들이 아닙니다."

"아니에요. 그저 저는 이미 이 사람과 정혼을 한 몸이라서 모르는 사람과 함부로 같이 자리를 할 수 없을 뿐이에요. 말씀드렸다시피 저희 가문은 무림의 가문이 아니고 그래서 지켜야 하는 법도가 무림의 가문과는 많이 다르니까요."

순간, 이진운의 얼굴에는 실망이 한 겹 더 드리워졌다.

"아, 여기 양 소협께서 소저의 정혼자셨군요."

떨떠름히 되뇌며 새삼스럽게 루하를 살핀다.

처음 루하와 설란이 객잔 안으로 들어섰을 때부터 온통 설란에게 시선을 다 빼앗겨 버린 그였다. 살아오면서 내로라하는 무림의 미녀들을 적잖이 보아 온 그였는데도 이렇게 아름다운 여인은 정말이지 난생처음이었다. 눈이 돌아갈 만큼 예뻤다. 객잔에 들어서고부터 한 번씩 던져오는 설란의 시선에 혼백마저 흩어질 지경이었다. 그래서 은밀히 진행하고 있는 모종의 일이 있는데도 불구하고 무작정 먼저 말을 건넨 것이었다. 지금은 이럴 때가 아님을 아는데도, 큰일을 앞두고 이래서는 안 되는 일임에도 도저히 가만히 있을 수가 없었던 것이다.

그러니 루하인들 어디 제대로 눈에 들어왔겠는가?

물론 아예 신경이 쓰이지 않은 건 아니었다. 그녀와 일행이라는 것만으로도 거슬리는 존재였다. 하지만 무시했다. 애써 그런 쪽으로는 생각하지 않으려 했다. 가족일 수도 있고 일가친척일 수도 있으니까. 무림에서야 특별한 관계가 아니라도 남녀가 길을 동행하는 경우야 얼마든지 있으니까.

그런데 단순히 연인도 아니고, 정혼자라고 한다.

그야말로 땅이 꺼지는 듯한 실망감이 드는 한편, 대체 이 절세의 미녀를 자치한 사내가 누군지 새삼 궁금해졌다.

그렇게 질투와 적의로 눈을 이글거리며 루하를 살피는데, 아무리 봐도 이 절세의 미녀를 차지할 만큼 대단한 사내로는 보이지 않는다.

은연중에 흘러나오는 기도가 왠지 모르게 범상치 않게 느껴지긴 하지만, 그뿐이다. 태양혈이 반듯한 것을 보니 내가의 고수도 아닐뿐더러 상승의 공부를 이룬 자들에게서 느껴지는 위엄도 엄숙함도 없다. 그렇다고 학식이 깊어 보이는 것도 아니다. 학식은커녕 순간순간 엿보이는 것은 본데없는 저속함이다.

그런데도 왠지 모를 위험 신호에 머리털이 쭈뼛 선다. 하지만 그 또한 잠시뿐이었다.

'이딴 녀석이 어찌……'

세상 어느 사내를 가져다 놓아도 그녀에겐 턱없이 부족해 보이는 것이 지금 이진운의 심정이다. 그건 그의 일행들도 마찬가지인지 하나같이 루하를 향해 못마땅한 눈빛을 던져 오고 있었다.

그렇게 다섯 쌍의 질투와 적의 섞인 시선을 한 몸에 받게 된 데다 설란으로 인해 재미난 장난거리마저 접어야 했던 루하지만, 그럼에도 썩 기분이 나쁘지 않았다. 그 같은 시선들에 오히려 어깨로 힘이 들어가고 우쭐한 마음이 든다.

세상 모든 찬사를 한 몸에 받았다고 해도, 세상 가장 많은 재물을 가졌다고 해도, 모름지기 사내들 사이에서 우러름과 부러움의 으뜸은 재물도 명예도 아닌, 그 품에 품은 여인의 품격이 아니겠는가.

그사이 음식이 나왔고 이진운은 싸움을 하지도 않았는데 싸움에 진 개가 되어 꼬랑지를 축 늘어뜨린 채 일행들에게로 돌아갔다.

싸움에 이긴 개와 같은 의기양양함으로 그런 이진운의 등을 좇던 루하가 설란을 보며 물었다.

"갑자기 웬 조신한 척이래? 가문의 법도니 뭐니…… 굳이 정혼자라고 밝힐 건 또 뭐고?"

"그렇게 해야 더 들러붙지 않을 테니까."

순간 설란의 얼굴에는 지겨움과 귀찮음이 동시에 스쳐 갔다.

이런 치근덕거림이 익숙한 것이다. 왜 아니 그렇겠는가? 검향선녀에게 물려받은 미모 탓에 어렸을 때부터 온갖 치근덕거림 속에서 살아왔을 것이고, 그만큼 떼어 내는 데에도 능숙한 것이다.

"그래도 그렇게까지 쳐 낼 건 없었잖아? 저기 껴서 어울리다 보면 무슨 작당들을 하려는지 단서라도 주워들을 수 있을지 모르고……."

"그래서 그랬어. 괜히 저들 일에 끼어들게 될까 봐."

"끼어들면 좀 어때서?"

"가뜩이나 무림맹이랑 사이도 안 좋잖아. 폭주 강시를 잡으러 가서는 다시 네 앞에 얼굴도 들이밀지 말라고 형산파 장문인한테 엄포까지 놓았다면서? 정말이지 정신이 있는 애니 없는 애니? 구대문파 장문인한테 어떻게 그런 협박을 해?"

"그야 그 인간이 사람 완전 짜증 나게 하니까 그렇지."

"아무리 그래도, 상대는 좀 가려야지. 구대문파라고, 구대문파. 이러다가 자칫 잘못하면 전쟁이라도 날 판국이란 말이야."

"까짓 전쟁 좀 나면 어때서? 하나도 겁 안 나."

"그렇게 간단히 생각할 일이 아냐. 지금 아무리 무림맹이 날개 꺾인 독수리라고 해도 구대문파는 무림의 천년 역사와 함께한 곳이야. 그만큼 뿌리가 깊고 단단해. 만일 네가 무림맹과 전쟁을 하게 된다면 적어도 무림의 절반은 너한테서 등을 돌리게 될 거야."

"흥! 등 돌리라면 돌리라지. 하나도 겁 안 난다고."

"그렇게 간단히 생각할 일이 아니라니까!"

루하의 태평함이 답답했는지 버럭 언성을 높이는 설란이다.

그 바람에 루하가 움찔하며 목을 움츠린다.

무림의 절반이 자신을 향해 칼을 들이댄다 해도 전혀 무섭지가 않은 루하지만 설란의 저 사나운 눈빛만큼은 무섭다.

뭐랄까…… 그렇게 길들여져 버렸다고나 할까?

루하가 그렇게 자라목이 되어 눈치를 살피자 측은한 마음이 든 설란이 차분하게 목소리를 누그러트리며 타이르듯 말했다.

"다시 말하지만 괜한 분쟁은 안 돼. 우리는 어디까지나 표국이고 무림맹과는 그 분야가 달라서 영역 다툼할 일도 없는데, 뭣하러 쓸데없이 피를 흘리냔 말이야. 가능하면 충돌할 일 만들지 말고 몸을 사려. 알았지?"

"알았어. 나도 뭐 그냥 호기심이 동한 것뿐이지 굳이 그쪽 인간들이랑 다시 엮이고 싶은 생각 없어."

"진짜지?"

"그렇다니까. 구대문파와 관계된 일에는 앞으로 일절 관심 끊을 거야. 진짜야, 맹세해."

루하의 그 같은 맹세에야 겨우 안심을 하는 설란이다.

하지만 그런 그녀의 안심은, 그리고 루하의 맹세는 채 반나절도 가지 않았다.

　발단은 그곳 마풍객잔에서 하룻밤을 묵은 그 날 새벽, 잠결에 들려온 작은 소란이었다.

＊　　＊　　＊

　'뭐지?'

　그것은 단순한 인기척이 아니었다.

　왠지 모를 긴장과 어떤 은밀함이 묘하게 신경을 긁었다. 그리해 대강 옷을 차려입은 후 밖을 살폈다. 그런 루하의 시야로 어둠 속에서 바쁘게 객잔을 나서는 몇 개의 그림자가 보였다.

　지금의 루하에겐 어둠도, 아직까지 퍼붓는 빗줄기도, 전혀 방해가 되지 않았다.

　'저자들이 왜 이 밤에……?'

　구대문파의 제자들이었다. 한데, 복장이 달랐다. 아까와는 달리 하나같이 온몸을 흑의로 감싸고 있다.

　'이거 수상해도 너무 수상한데?'

　구대문파의 제자들이 대체 무슨 작당 모의를 하는 것이기에 새벽부터 이 빗속에 저런 복장을 하고 저리도 은밀히 움직인단 말인가?

심지어 이젠 아예 얼굴마저 복면으로 가린다.

루하는 갈등했다.

'저걸 따라가? 말아?'

설란에게 구대문파와 관련된 일에는 절대로 관계하지 않겠다 맹세한 것이 고작 반나절 전이 아니던가?

'뭐 나야 일구이언쯤이야 얼마든지 할 수 있는 융통성 있는 사내이긴 한데 말이야.'

한 입으로 두말하는 정도로 사나이 체면 운운할 만큼 곧게 살아온 인생도 아니다. 다만 설란의 잔소리를 생각하면 그게 좀 마음에 걸릴 뿐이다.

하지만 오래 고민하지 않았다.

이미 흑의와 복면으로 온몸을 칠흑처럼 검게 만든 구파의 제자들이 빗속을 헤치며 어딘가로 급히 움직이기 시작한 것이다.

'하긴, 구경만 하고 오는 건데, 뭐. 구대문파랑 엮이지만 않으면 되는 거 아냐? 그럼 무림맹이랑 분쟁이 생길 일도 없고. 사실 무슨 일이 어떻게 돌아가는지 정도의 정보는 가지고 있는 편이 오히려 분쟁을 예방하는 데 도움이 되기도 하고 말이지.'

그렇게 루하는 자신의 일구이언을 적당히 변명으로 포

장하며 조용히 구대문파 제자들의 뒤를 따랐다.

그들을 따라 도착한 곳은 운장산이었다.

정확히 어느 지점인지는 모른다.

이름도 위치도 알 수 없다.

그들을 따라 무작정 산을 오르다 보니 세 개의 봉우리를 지나 그 뒤에 있는 꽤 높은 봉우리의 중턱쯤에 이르렀다는 것만이 그가 아는 전부였다.

그렇게 중턱쯤에 이르렀을 때, 쉬지 않고 산을 오르던 그들이 드디어 걸음을 멈췄다. 걸음을 멈춘다 싶은 순간 서로 눈짓을 주고받고는 사방으로 흩어져 몸을 은신한다.

'대체 여기서 뭘 하려는 거야?'

아직도 비는 억수같이 내리는데, 그 세찬 빗줄기를 온몸으로 맞아가며 대체 뭘 하려는 것일까? 그 바람에 자신도 영락없이 물에 빠진 생쥐 꼴인지라 괜스레 짜증이 올라오기도 한다.

그렇게 한 시진이 지나자 하늘을 덮은 먹장구름과 시야를 촘촘히 가리는 굵은 빗줄기 속에서도 어렴풋이 날이 밝아 왔고, 다시 한 시진이 더 지나자 비록 어둑어둑하긴 했지만, 주변 경물을 보는 데는 크게 지장이 없을 정도로 밝아졌다.

아래쪽에서 인기척이 들리기 시작한 것은 바로 그 무렵이었다.

순간 팽팽히 당겨지는 긴장감.

사방으로 흩어져 은신하고 있던 구대문파의 제자들이 더욱더 숨을 죽인다.

그들이 노리고 있는 것은 저 인기척의 주인들임이 분명하다.

루하도 한껏 숨을 죽이고는 아래쪽을 살폈다. 그런 그의 시야로 일단의 무리들이 들어왔다.

아는 얼굴들이다.

바로 어제저녁 마풍객잔의 창 너머로 보았던, 해월루를 가득 채운 무림인들이었다.

숭무련(崇武聯).

산서에서 이름깨나 있는 다섯 문파가 모여 만든 단체라고 했다. 당연히 그들의 목적은 괴수 사냥이었다.

대체 왜? 구대문파의 제자들이 왜 괴수 사냥단을 노린단 말인가?

'아니, 가만······.'

불현듯 뇌리를 스치는 것이 있다.

'흑의에 복면······ 거기다 변복에 괴수 사냥단이면······.'

그것들이 연상시키는 것은 딱 하나였다.

흑포단.

'에이, 설마…… 아니겠지?'

구대문파의 제자들이 내단 조각이나 날치기하는 도적들일 리가 없지 않은가? 무엇 하나 아쉬운 것 없이 살아온 금수저들이 뭐가 아쉬워서 이토록 위험천만한 짓을 한단 말인가?

그렇게 온통 의문투성이인 채로 흑포단일지도 모를 구대문파 제자들의 뒤를 쫓는데,

"크앙!"

돌연 맹수의 포효성이 쩌렁 산을 울렸다.

순간 구대문파 제자들의 걸음이 빨라졌다. 루하 또한 걸음을 서둘렀다. 그리해 달려간 곳에서는 이미 괴수 사냥이 시작되고 있었다.

사슴이나 노루같이 생겼지만, 들개처럼 사납고 크기는 늑대보다 크다.

"크앙!"

쩌렁쩌렁 울려 대는 포효성은 흡사 호랑이의 그것과 닮았다.

"천라흑막진(天羅黑幕陣)!"

그런 괴수를 모두 이백이 넘는 무사들이 큰 방패를 들고 촘촘히, 그리고 겹겹이 에워싼다.

이에 당황한 괴수가 급히 땅을 박차며 포위망을 넘으려 하지만,

"천포(天布)!"

사냥단을 이끄는 자의 일갈에 그 즉시 괴수가 뛰어오르는 곳으로 그물망이 펼쳐지며 괴수를 덮친다. 그러나 괴수의 움직임이 어찌나 표홀한지, 그 허공중에서도 급격히 몸을 비틀며 그물망을 피해 땅에 착지한다.

하지만 숭무련은 틈을 주지 않았다.

"지간(地干)!"

방패를 든 포위대가 세 걸음씩 앞으로 걸어가 포위망을 좁혔다. 좁혀 드는 포위망에 위기감을 느낀 괴수가 다시 하늘로 도약해 보지만, 숭무련은 그 위치를 정확히 파악하고는 재차 그물망을 던졌다.

두 번째 탈출에 실패한 괴수가 간신히 그물망을 피해 땅에 착지하자,

"지간!"

포위망은 정확히 세 걸음을 다시 좁혔다.

그렇게 되자 위로 탈출하는 것은 불가능하다 여긴 괴수가 그때부터는 사방으로 미쳐 날뛰며 에워싼 포위대를 공격하기 시작했다.

한 뼘이나 되는 크고 흉측한 이빨로 방패를 물어뜯기도

하고, 무쇠처럼 단단한 앞발로 두들기기도 하는가 하면, 급기야 아예 몸통으로 들이받기도 한다.

하지만 소용없었다.

어떤 재질로 만들어진 것인지 방패는 괴수의 사나운 공격에도 살짝 휘어지기만 할 뿐 부서지지 않았고, 겹겹이 에워싼 무사들이 적재적소에 힘을 보태어 같이 지탱해 준 덕분에 괴수의 거센 공격에도 누구 하나 튕겨 나가는 자가 없었다. 오히려 기세를 올리며 더욱 포위망을 좁히고 괴수를 압박한다.

그렇게 펼쳐지는 괴수 사냥은 루하가 생각했던 모습과는 사뭇 달랐다.

그가 그렸던 풍경은 이보다 훨씬 더 치열하고 긴박한 것이었다. 실제로 그간 희생자가 발생하지 않는 경우가 드물 정도로 괴수 사냥은 위험천만했다.

하지만 많은 희생자를 냈던 복건에서의 첫 사냥 때와는 비교도 안 될 만큼 괴수 사냥에 대한 경험과 지식이 많이 쌓였고, 그만큼 능숙해진 것이다.

"대천강금쇄진(大天罡金鎖陣) 일망(一網)!"

그렇게 능숙하게 괴수를 압박하던 포위대가 그 순간 방패를 던지고 어른의 엄지손가락 굵기만 한 쇠사슬을 던졌다. 쇠사슬은 가닥가닥이 거미줄처럼 엉키어 그물망이 되

고, 포위대가 각기 그 쇠 그물망의 가닥 끝을 잡아 땅에 박
는다.

"대천강금쇄진(大天罡金鎖陣) 이망(二網)!"

이번엔 포위대의 뒤를 받치던 제이 진에서 쇠 그물망을
만들어 괴수를 이중으로 씌웠다.

"대천강금쇄진(大天罡金鎖陣) 삼망(三網)!"

"대천강금쇄진(大天罡金鎖陣) 사망(四網)!"

그렇게 쇠 그물이 겹겹으로 괴수에게 덧씌워지고 괴수
가 아예 옴짝달싹도 못 하게 되었을 때, 진법을 지휘하던
자가 괴수에게로 다가갔다.

그의 손에는 단검이라고 하기에는 길고 장검이라고 하
기에는 짧은, 대략 한 자 다섯 치가량의 칠흑같이 검은 검
이 들려 있었다.

'현철중검…….'

이제 같은 묵빛의 검이라도 루하는 그것이 묵철인지 현
철인지 만년한철인지 정도는 한눈에도 파악할 수 있었다.
그 사내의 손에 들린 것은 분명 한 자루에 수만 냥을 호가
하는 현철중검이었다. 하지만 그리 새삼스럽지는 않았다.
괴수에 따라서 일반적인 철검으로는 아예 가죽이 뚫리지
않는 경우도 있어서 각 단체들마다 묵철이나 현철중검 정
도는 기본으로 한 자루씩 구비하고 있다고 들었다.

그렇게 사내가 다가가자,

"크르르르!"

괴수가 송곳니를 세우며 사납게 으르렁거렸지만, 그럴
수록 그물망만 더 옥죄어질 뿐이었다. 그리해 사내가 괴수
의 뒷목에 주저 없이 현철중검을 꽂았다.

"끄어어엉……."

무기력하고 어딘지 구슬프게 느껴지기도 하는 단말마였
다. 그리고 퍼덕대는 처절한 경련 끝에 괴수의 몸이 스르
르 작아지는가 싶더니 이내 본래의 모습으로 변한다.

사슴도 노루도 아니었다.

몸이 가늘고 골격이 작은 데다 콧등에는 흰색 띠도 있는
것이 고라니였다.

이윽고,

툭—

고라니의 입에서 신비로운 붉은빛의 내단 조각이 흘러
나왔다.

사내는 익숙하게 소맷자락에서 장갑을 꺼내어 손에 끼고
는 내단 조각을 회수했다. 아니, 회수하려는 그 찰나였다.

퍼엉—

갑작스러운 폭음에 이어 사방이 온통 매캐한 연기로 뒤
덮였다. 그 순간 내단을 회수하려 했던 사내는 옆구리를

파고드는 섬뜩한 기운에 급히 들고 있던 현철중검을 세워 공격을 막았다.

까앙—!

막는다고 막았지만, 너무 갑작스럽고 번개 같은 기습이었던 터라 방어가 완전하지는 못했다.

"크윽!"

뜨거운 통증이 옆구리를 훑고 지나갔다.

다행히 상처는 깊지 않았다.

공격이 조금만 강했다면, 아니, 살의가 조금만 더 짙었다면 결과는 완전히 달라졌을 테지만, 충분히 치명상을 입힐 수 있는 상황이었는데도 그를 기습한 자의 칼에는 이상하게도 살의가 담겨 있지 않았다.

하지만 그것에 안도하고 있을 틈이 없었다.

사내는 반사적으로 기습자를 향해 검을 날렸다. 그러나 그의 검은 허무하게 허공을 가를 뿐이었다.

사위를 가득 채운 연기 속에서 기습자의 그림자는 순식간에 사라져 보이지 않았다.

순간, 사내는 뇌리를 스치는 생각에 '아차!' 하며 급히 내단 조각이 있었던 곳을 더듬었다.

'이런!'

없다.

비록 연기에 가려 한 치 앞도 살필 수가 없었지만, 분명 그곳에 있어야 할 내단 조각이 흔적도 없이 사라져 버린 상태였다.

그제야 어찌 된 영문인지, 이게 다 무슨 상황인지 알 수 있었다.

"흑포단이다! 흑포단이 내단을 훔쳐 갔다!"

그러나 다급한 마음에 외쳐 본들 아무 소용이 없었다.

송무련 무사들이 아직도 자욱한 연기 속에 갇혀 뭐가 어떻게 된 상황인지도 모른 채 허둥대고 있었기 때문이다. 그런 상황에서 흑포단을 뒤쫓는 건 사실상 불가능했다.

하지만 루하는 달랐다.

몽연탄을 터트리는 것부터 숭무련의 사내를 급습해 내단 조각을 갈취하는 것, 그리고 그 즉시 치고 빠져서 달아나는 것까지 모든 상황을 지켜봤다. 당연히 뒤도 쫓았다.

그렇게 그들의 뒤를 쫓는 와중에도 참 어이가 없었다.

흑포단이라니? 내단 조각 날치기단으로 악명이 자자한 흑포단이 사실은 구대문파의 제자들이었다니?

이게 대체 무슨 황당한 상황이란 말인가?

*　　　*　　　*

흑포단.

무림인들이 괴수 사냥에 성공하는 순간, 내단 조각을 날치기해 가는 전문 날치기단.

하지만 소문만 무성할 뿐 실체는 없다.

벌써 각지에서 여덟 번이나 내단 조각을 날치기당했지만 그들이 누구인지, 어디서 온 자들인지, 몇 명으로 이루어졌는지 여전히 단서 하나 찾지 못하고 있었다.

다만 일정한 지역을 근거지로 두고 있지 않은 지금까지의 행적으로 유추해 볼 때 그 규모가 상당할 거라는 추측은 있었다. 심지어 한 번은 동서의 양극단이라 할 수 있는 귀주와 강소성에서 동시에 흑포단이 나타난 적도 있었다.

가늠조차 할 수 없는 규모에, 괴수 사냥단의 내로라하는 고수들이 버젓이 지켜보는 가운데 내단 조각을 훔칠 수 있을 정도로 배포는 물론이고 개개인의 실력 또한 뛰어나다.

사실상 그 조건에 부합되는 곳은 딱 한 군데뿐이었다.

녹림십팔채.

무림에서 그 같은 짓을 결행할 수 있는 자가 녹림십팔채 외에 달리 누가 있겠는가.

그래서 단지 추측이나 짐작을 넘어서 흑포단의 정체가 녹림십팔채일 거라는 소문이 공공연하게 나돌고 있는 실정이었다.

루하의 생각도 크게 다르지 않았다. 오늘 이곳에서 흑포
단의 정체를 그 눈으로 직접 확인하기 전까지는 말이다.

　'그나저나 대체 어디까지 갈 생각이야?'

　참 멀리도 간다. 그로부터 몇 개의 산을 넘었는지 기억
도 가물가물하다. 이렇게까지 지체될 줄은 미처 생각 못
했던 터라 아무 서신도 남겨 놓질 않았다. 영문도 모른 채
무작정 기다리고 있을 설란을 생각하니 마음이 조급해 왔
다.

　그들이 걸음을 멈춘 것은 바로 그 무렵이었다.

　어느 폐가였다. 이미 이 폐가까지도 그들의 도주 계획
속에 있던 것이었는지 폐가에 도착하자마자 일사불란하게
흑의와 복면을 벗는다. 그리해 드러난 것은 마풍객잔에서
보았던 변복이 아니라 구대문파의 번듯한 옷이었다.

　의도야 뻔했다.

　'차라리 구대문파의 복장을 하고 있으면 의심을 받지는
않을 테니까.'

　여기서 혹여 숭무련의 추격대와 마주친다고 해도 구대문
파의 제자들을 흑포단과 연관 짓지는 않을 테니까 말이다.

　그렇게 모두가 구대문파의 복장으로 갈아입은 그 순간,
스스로를 섬서의 이진운이라 밝혔던 사내가 크게 대소를

터트렸다.

"하하하! 거 보십시오. 제가 뭐랬습니까? 몽연탄을 사용하면 훨씬 더 쉬울 거라고 했지 않습니까?"

이진운의 말을 홍일점이자 화산파의 복색을 한 여인이 받았다.

"이(李) 사형 말씀이 맞아요. 지난번 옥화산 때를 생각하면 이번엔 정말 일이 쉽게 풀렸어요. 상대가 숭무련이었던 만큼 옥화산 때보다 더 많은 피를 묻혀야 했을지도 모르잖아요? 저는…… 화산의 검에 더 이상 죄 없는 자의 피를 묻히고 싶지 않아요."

"그렇다니까. 녹림도나 쓰는 물건이라고 꺼릴 게 아니라니까. 아무렴, 괜한 희생자를 만드는 것보다야 몽연탄을 쓰는 편이 훨씬 낫지. 게다가 몽연탄까지 사용했으니 의심도 녹림십팔채로 더 쏠릴 테고. 그럼 우리 대정회(大正會)가 운신할 수 있는 폭도 한결 자유로워질 테고 말이야."

이진운이 한껏 기분 좋은 목소리로 우쭐거리자 그 옆, 곤륜파 제자가 짐짓 피곤하다는 투로 장난스럽게 말했다.

"알았네, 알았어. 내가 너무 고리타분했다는 거 인정할 테니 자화자찬은 그쯤 해 두시게. 확실히 몽연탄은 탁월한 한 수였어."

"어쨌든 이걸로 다음 회합에서 면은 좀 서게 됐군. 형산과 점창 쪽은 얼마 전에 두 개를 더 추가해서 벌써 네 개를 확보했다는데, 우리는 지금까지 달랑 하나였으니 말이야."

이진운과 같은 복색을 한 사내가 안도하듯 그렇게 말하자, 이진운이 세차게 고개를 저었다.

"에이, 대사형. 체면 세우려면 이걸로는 부족하죠. 회합까지는 아직 넉 달이나 남았는데, 그사이 다른 곳에선 몇 개나 더 확보할지 모르는 거잖습니까? 게다가 한 사람당 하나씩만 나눈다고 해도 아직 열세 개나 더 부족하고. 넉 달 안에 그거 다 채우려면 열 일 다 제쳐 두고 달려야 해요."

한껏 고무되어 불끈 의지를 불태우는 이진운이다. 처음부터 흑포단 일에 가장 적극적이었던 것이 이진운이지만, 몽연탄을 사용하자는 자신의 계책이 제대로 주효하자 더 기가 산 것이다.

그런 이진운을 보며 차가운 인상의 화산파 제자가 비릿하게 입꼬리를 말아 올리며 딴죽을 걸었다.

"뭐, 맞는 말이긴 하네만…… 이 사제가 그런 말을 할 입장은 아닌 것 같은데?"

"제가 어때서요?"

"오늘 같은 중차대한 거사를 앞두고 여인에게 홀려서 동석까지 하려 했지 않았나? 열 일 다 제쳐 두고 매달려야 한다는 걸 아는 사람이 그래, 그런 분별력 없는 짓을 해?"

"그, 그야……."

"흐흐, 너무 나무라지 마시게나. 사실 사내라면 그냥 무시하고 넘길 만한 여인은 아니었잖은가? 그런 미녀라면 열일이 아니라 만사라도 제쳐 둬야지. 곤륜에서 도나 닦는 나도 사실 보는 순간 숨이 턱 막힐 지경이었으니, 한창 혈기 왕성한 이 사제야 오죽했겠는가."

"그, 그렇습니다. 어찌 그리 아름다울 수가 있는지…… 정말 살다 살다 그런 미녀는 처음 봤습니다."

"흥! 그러면 뭐하나? 이미 임자가 있는 몸인데. 괜히 임자 있는 여자한테 껄떡대다가 보기 좋게 퇴짜나 맞지 않았는가?"

화산파 제자가 그렇게 아픈 곳을 찔러 대자 이진운이 울상을 지으며 고개를 푹 떨군다.

"그러게나 말입니다. 그런 미녀가 어찌 그런 별 볼 일 없는 자와 정혼을 한 건지……."

아쉬운 듯, 아깝다는 듯 중얼거리는 이진운의 말을 대사형이라 불린 자가 받았다.

"그건 아닌 것 같은데?"

"아닌 것 같다니요?"

"내 보기에는 결코 별 볼 일 없는 자가 아니었다."

"어째서요?"

"딱히 뭐라 꼬집어 말할 수는 없다만…… 그냥 내 느낌이 그랬어."

"에이, 그게 뭐예요? 태양혈이 반듯한 것이 내가의 고수도 아니었고, 좀 특이하긴 해도 크게 특출나 보이지 않는 기운에, 나이도 어린 것 같았는데……."

이진운이 납득 못하겠다는 투로 투덜거리자 이번엔 화산파 제자가 그의 말을 막는다.

"아니, 나도 진(陳) 사형과 같은 생각이네. 결코 평범한 자가 아니었어. 그냥 보고 있는데도 묘하게 머리털이 곤두서는 느낌이었으니까."

무리에서 가장 연장자인 동시에 가장 강한 두 사람이다. 분명 자신과는 식견의 깊이가 다르다. 하지만, 인정하기 싫었다. 아무도 그렇게 생각하지 않는다 해도, 어쩌면 설란과는 평생 다시 볼 일이 없을지도 모르지만 그럼에도 그에게 있어 루하는 연적이었다.

당연히 연적에 대한 칭찬이 달가울 리 없다.

그래서 뭐라 반박을 하려는데,

"어쩌면 평범한 자가 아니라 아주아주 비범한 자일지도 몰라요."

이번엔 일행 중 유일한 여인이 거든다. 아니, 거드는 정도가 아니었다.

"태양혈이 반듯했던 거나 기운이 크게 특별하지 않았던 것도 오히려 그래서일지도 몰라요. 너무 비범해서."

"너무 비범해서라니?"

"혹시…… 반박귀진의 경지에 이른 것이 아닐까요?"

"뭐?"

그녀의 말은 듣자마자 헛웃음이 날 정도로 황당한 것이었다. 그건 비단 이진운만이 아니었다. 루하를 높이 평했던 두 사내조차 어이없어한다. 아니, 너무 어이없어서 실소마저 터트린다.

반박귀진이라니?

"사매, 정도십이천조차 그 같은 경지에는 이르지 못했네. 아니, 현 무림에 반박귀진의 경지에 이른 자가 있다는 것조차 내 들어 본 적이 없네. 한데 그 무슨……."

대사형이라 불렸던 종남파 제자가 말도 안 되는 일이라며 그렇게 반박을 했지만, 여인은 물러서지 않았다.

"아뇨. 천하에 그 같은 경지에 오른 사람이 딱 한 명 있어요."

"……?"

"삼절표랑."

"뭐?"

"삼절표랑 그자라면, 그자의 강함이라면 이미 반박귀진의 경지는 거뜬히 뛰어넘었을 거예요."

"하하, 허면 아까 보았던 그자가 삼절표랑이라도 된다는 말인가?"

"그자…… 분명 저보다 어려 보였어요. 그 어린 나이에 존재만으로 이 사형의 머리털을 곤두서게 했어요. 그런 자가 이름도 없는 무명소졸이라는 게 애당초 말이 안 되잖아요. 산서성의 양윤? 저는 한 번도 들어 본 적 없어요. 아무리 무림과 관계된 자가 아니라 해도 화산의 바로 옆에 그런 신진 고수가 있는데 과연 우리가 그걸 모를 수 있었을까요? 그가 정말 삼절표랑이라면 그의 옆에 그런 미녀가 있는 것도 이해가 되죠."

"그러니까 그 여인이 무림일화 예설란이다?"

천하에서 가장 아름답고 무림에서 가장 화려한 꽃. 의선가의 장녀이자 삼절표랑의 정혼녀.

"이름이 예도향이라 했으니 예씨 성을 쓰는 것도 같고요."

하지만 그녀의 추론을 여전히 누구 하나 진지하게 받아들이지 않았다.

"사매, 아무리 그래도 그건 너무 억지 비약인 것 같은데?"

그도 그럴 것이 삼절표랑은 이제 그들 구대문파의 제자

들에게조차 도무지 실체감이 없는, 그 존재 자체가 신기루 같은, 너무도 멀고 까마득히 높은 존재가 되어 버린 때문이었다.

그런데 바로 그때였다.

여인의 말을 부정하던 화산파 제자가 순간 움찔하며 날카로운 눈빛으로 폐가 밖 어딘가를 노려본다. 아니, 노려본다 싶은 순간,

"웬 놈이냐!"

버럭 일갈하며 벼락같이 밖으로 몸을 날린다.

이어진 것은,

까앙—

빗속에서 울려 퍼지는 짧지만 강렬한 금속음과 불꽃이었다. 그리고,

"크윽!"

벼락같이 몸을 날렸던 사내가 튕기듯 주르륵 미끄러져 나온다. 그제야 사태를 파악한 일행들이 누가 먼저랄 것도 없이 폐가를 뛰쳐나와 사내를 보호한다. 그리고 저 빗속 깊은 어둠을 향해 도검을 겨누며 사납게 외친다.

"누구냐!"

그때였다.

그 깊은 어둠 속에서 그림자 하나가 터벅터벅 걸어 나왔

다. 당연히 그 그림자는 루하였다.

"이거 참, 조용히 구경만 하고 갈랬더니 내 얘기가 나오는 바람에 그만⋯⋯."

은신하던 루하가 자신과 설란의 이야기가 나오자 호흡이 흐트러져 기척을 내 버리고 만 것이다.

그렇게 루하가 깊은 어둠 속에서 걸어 나오자 그제야 루하의 얼굴을 확인하고는 이진운이 놀란 눈을 부릅뜬다.

"네, 네놈이 어찌⋯⋯ 네놈이 대체 어찌 이곳에 있는 것이냐?"

모두의 사나운 눈빛을 한 몸에 받은 루하가 대수롭지 않다는 듯 어깨를 으쓱해 보인다.

"그쪽들 하는 짓이 하도 수상해 보이길래 좀 따라와 봤지."

"허면⋯⋯ 보았느냐?"

"뭐, 볼 건 다 봤고 들을 것도 다 들었지. 그래서 하나 궁금한 게 있는데 말이야, 아무리 생각해도 이해가 안 되더라고. 구대문파의 제자씩이나 되는 사람들이 대체 뭐 할 일이 없어서 남의 물건이나 훔치고 다니냔 말이지. 요즘 하는 짓 보면 좀 찌질해 보이긴 하지만, 그래도 명색이 구대문파라면 정과 협의 대명사잖아. 근데 그 제자라는 자들이 단지 한 줌의 내공이 탐나서 흑포단 같은 걸 만들었다는 게 너무 이치에 안 맞는 것 같거든. 대체 이유가 뭐야? 구대문파의 잘난 도련님들께서 왜 이런 말도 안 되는 짓을 저지른 거야?"

그러나 이 순간 루하의 질문에 대답해 줄 정신을 가진 사람은 이 자리에 없었다.

자신들이 흑포단이란 것을 알고 있다. 또한 구대문파의 제자라는 것도 알고 있다. 이 일이 새어 나갔을 때의 그 엄청난 파장만이 머릿속에 가득했다. 그리해 이어지는 결론은 하나였다.

'입을 막아야 한다!'

생각이 거기에 미친 순간 여섯 명은 약속이라도 한 것처럼 삽시간에 루하를 포위했다.

지금 이 순간 그들에게 있어 루하의 정체 같은 것은 중요하지 않았다. 무슨 목적으로 자신들을 쫓아왔는지도 상관없었다.

그가 누구이든, 무슨 목적이든 그들이 살기 위해서는, 그리고 구대문파 천년의 이름을 지키기 위해서는 살인멸구(殺人滅口)! 반드시 죽여 입을 봉해야 했다. 그만큼 흑포단의 일은 절대로 세상에 알려져서는 안 되는 것이었다.

그렇게 자신을 포위한 채 살기등등한 기운을 뿜어내는 구대문파의 제자들을 보며 재밌다는 듯 히죽 웃는 루하다.

"그러고 보면 여태껏 구대문파의 무공은 제대로 본 적이 없네. 그럼 이참에 구대문파의 무공이 얼마나 대단한지 한 번 견식이나 해 볼까?"

第十章

대어의 꼬리를 문 황금 잉어

살기를 가득 머금은 도검이 루하를 몰아쳤다.

"군화난분(群花亂奮)!"

"만화무변(萬化無變)!"

"용천비격(龍天飛擊)!"

살광이 폭발하며 쏟아지는 빗줄기를 갈기갈기 찢고, 살기가 난무하며 어지럽게 얽혀든다. 누가 구대문파의 제자 아니랄까 봐 공격은 날카롭고 거기에 깃든 공력 또한 무겁다.

물론 그래 봤자 루하를 위협할 정도는 아니었다.

무엇보다, 느려 터졌다.

동시에 퍼부어지는 그 살벌한 합공이 그의 눈에는 아예 합을 맞춘 경극 배우의 춤사위처럼 느껴질 정도였다.

그러니 그 정도 공격쯤이야 단 일수에 부숴 버릴 수 있었다. 하지만 그러지 않았다. 그들의 공격이 거듭되면 거듭될수록 신기하게도 경극 배우의 춤사위 같은 구대문파의 공격이, 그 무공이 묘하게 눈길을 잡아끄는 때문이었다.

루하는 지금까지 홍염마수 이우경을 시작으로 잔혹도마 구귀광, 이젠 가장 믿을 수 있는 동료가 된 장청과 폭주 강시에 이르기까지 다양한 무공을 접해 봤다. 두말할 것도 없이 그들은 강했고, 무공 또한 뛰어났다. 지금 눈앞에 있는 구대문파 제자들의 실력은 그들에 비하면 한참이나 부족한 것이었다.

그런데도 흥미롭다.

이우경에게서도, 구귀광에게서도, 심지어 폭주 강시와의 싸움에서도 느끼지 못했던 흥미로움이 그곳에 있었다.

'하긴, 그때는 목숨이 간당간당하는 상황이라 이럴 여유 자체가 없기도 했으니까.'

그게 아니면 그사이 무공이 늘어난 만큼 보는 눈이 깊어진 때문일 수도 있다.

아무튼 지금 루하의 눈은 조금은 어설프고 부족한 저들의 무공에서 천년을 이어온 구대문파의 정수를 보고 있었다. 저 단편적인 무공의 뒤에 숨겨져 있는 너무도 크고 광대한 무리(武理)에, 쫓아도 쫓아도 그 끝이 보이지 않는 깊고도 깊은 무도(武道)에 하염없이 빠져들고 있었다.

그렇게 어우러졌다.

구대문파의 여섯 제자들과 어우러져 점점 몰아지경에 빠져들고 있었다.

즐겁고 또 즐겁다.

알고 싶다는 것, 알아 간다는 것, 알아야 할 것이 있다는 것…… 배움의 즐거움이란 것이 이토록 가슴 떨리는 것인지 처음 알았다.

이미 세상에 다시없을 무공을 지녔고 천하에 적수가 없을 만큼 강한데도 구대문파의 무공은, 그 안에 담긴 측량할 수 없이 크고 깊은 무리와 무도는, 그를 처음 검을 쥔 어린아이처럼 설레게 했다.

그렇게 몰입하던 중이었다.

과장을 조금 보태자면 몰아의 경지에서 큰 깨달음으로 접어드는 그 찰나의 희열을 맛보고 있는 중이라고나 할까?

그런데 그때, 그 같은 아찔한 희열에 금이 갔다.

하나로 집중되었던 정신이 흐트러지고 몰입이 깨어진다.

알고 싶고 보고 싶던, 그래서 하염없이 쫓던 구대문파의 무공이, 거기에 깃든 천년의 장구한 세월이, 크고 광대했던 무리와 무도가 눈앞에서 점점 흐릿해져 간다.

루하의 탓이 아니다.

그를 향해 공격을 퍼붓고 있는 구대문파 제자들의 검술이, 도법이 길을 잃었기 때문이었다. 그들의 마음에 피어오르기 시작한 실의와 좌절이 그들의 칼을 잠식해 가고 있기 때문이었다.

두드려도 두드려도 도무지 깨지지가 않는다.

여섯 명이 사력을 다해 합공을 퍼붓는데도 도무지 먹히지 않는다. 그들의 검이, 도가 루하에게 닿기가 무섭게 흔적도 없이 사라져 버린다.

파도를 일으켜 보겠다고 대해를 향해 돌멩이를 던지는 기분이 이러할까? 천애 절벽 앞에 선 막막함이 이러할까?

그러한 막막함과 허탈함 속에 밀쳐 두었던 의심 하나가 고개를 치켜든다.

'설마…… 정말 이자가 삼절표랑이란 말인가?'

말도 안 된다 부정하고 무시했던 의심은 공격이 거듭될수록 점점 더 현실이 되어 간다.

그 거대한 이름 앞에 구대문파 제자들의 머릿속이 멍해진다.

그 넘볼 수 없는 절대자의 그림자에 짓눌려 손발도 어지러워진다.

각고의 노력 끝에 이제야 겨우 끝자락이나마 보게 된 도(道)와 예(藝)는 잊히고 평생을 두고 익힌 형(形)도 흐트러진다.

이제 그들이 펼치는 것은 검술도 검예도 검도도 아니었다.

도살장 백정의 칼질보다도 무의미하고 무가치한, 그저 단순한 칼질일 뿐이었다.

그것이 루하의 즐거움을 방해하고 있었다.

더 이상 저들의 칼에는 조금 전 그를 설레게 했던 무리와 무도는 없었다.

그것이 루하를 맥 빠지게 했다.

기대가 사라졌고 흥분은 가라앉았다.

한 줌 남은 미련에 구대문파 제자들을 다그쳐 보지만, 한 번 꺾인 전의는 돌아오지 않았다.

'쩝, 놀이도 여기까지로군.'

아쉬움은 남았지만, 어차피 오래 두고 놀 수 있을 만큼 그렇게 한가한 처지가 아니었다. 흥이 깨지자 지금 이 순간에도 그를 기다리고 있을 설란이 새삼 눈에 밟혔다.

그리해 단호히 미련을 끊고 땅을 박찼다.

이어진 것은 어린아이 손목 비틀기였다.

루하는 손에 들린 여섯 개의 신패를 보며 어이없어했다.

　　화산파 삼십이 대 제자 모용승(慕容乘)
　　화산파 삼십이 대 제자 상관란(上官蘭)
　　곤륜파 이십삼 대 제자 육인수(陸寅修)
　　곤륜파 이십삼 대 제자 윤환(尹環)
　　종남파 이십칠 대 제자 진승(陣乘)

　지금 그의 앞에 마혈이 제압당한 채로 무릎 꿇려 있는 자들의 품속에서 찾은 것이었다.

　아니나 다를까, 섬서의 이진운은 본명이 아니었다. 종남파 이십칠 대 제자 이청운(李菁雲), 그것이 그의 신패에 적힌 이름이었다.

　하지만 루하가 어이없어한 것은 이청운의 이름 때문이 아니었다.

　모용승과 상관란, 그리고 진승. 이 세 개의 이름이 눈에 익은 때문이었다.

　삼봉오룡(三鳳五龍).

　죽은 남궁세가의 소가주 남궁무영을 포함해서 정파 무림

최고의 기재라 불리는 여덟 명의 후기지수들.

그 삼봉오룡 중 무려 세 명이 이곳에 있는 것이다. 특히 모용승과 진승은 각기 화산파와 종남파의 장문제자이기까지 했다.

삼봉오룡 중 셋이, 거기다 구대문파의 차기를 책임질 장문제자들까지 껴서 도적질이나 하고 있다니? 대체 이걸 어찌 믿고 어찌 받아들여야 한단 말인가?

가득한 의문 속에서 잠시 그들을 보던 루하가 이내 결심을 하고는 그들의 마혈을 풀었다. 어차피 도망을 가든 다시 떼로 덤비든 감당 못 할 것도 없는 데다 이미 기가 꺾일 대로 꺾여서 그럴 의지도 없어 보였다.

그렇게 마혈을 풀어 주고는 물었다.

"대체 이유가 뭐지? 잘나신 구대문파의 제자분들께서 뭐 아쉬운 게 있어서 녹림도 흉내나 내고 계신 거지?"

하지만 대답은 바로 나오지 않았다. 그들로부터 가장 먼저 듣게 된 것은 대답이 아니라 질문이었다.

"정녕 삼절표랑이시오?"

모용승의 물음에 루하를 향하는 시선들이 뜨거워졌다.

"맞아."

굳이 숨길 이유가 없다.

"이렇게 젊은 나이에, 이렇게 잘생기기까지 한 데다 무공까지 어마어마하게 고강하다면, 삼절표랑인 게 당연하잖아?"

순간 누군가의 입에서 침음성이 흘러나왔다.

누구의 것이든 상관없었다. 어차피 지금 이 순간만큼은 여섯의 마음이 크게 다르지 않았다. 구대문파에게 삼절표랑이 눈엣가시 같은 존재인 것처럼 삼절표랑에게 있어 구대문파 또한 그리 달가운 존재일 리가 없는 것이다.

그런 삼절표랑에게 약점이 잡혔다. 어쩌면 가장 들키지 말아야 할 사람에게 죄악의 현장을 들켜 버린 것일 수도 있었다.

이보다 더 암담한 상황이 또 어디 있겠는가?

"우리를…… 어떻게 할 생각이시오?"

"글쎄? 당신들을 어찌할지는 일단 이유부터 들어 보고 생각해 봐야겠는데? 이유가 뭐야? 무엇 하나 모자랄 것 없는 당신들이 왜 흑포단을 결성한 건데? 대정회는 또 뭐고? 설마 구대문파의 제자들이 전부 다 흑포단인 건 아니겠지?"

그렇게 다시 처음으로 질문이 돌아왔다.

침묵이 흘렀다.

그러나 어차피 들켜 버린 치부다. 잡혀 버린 목숨 줄이다. 지금 그들이 할 수 있는 거라곤 루하가 원하는 것을 내주고 그의 처분을 기다리는 것뿐이었다.

그리해 흘러나온 사건의 진상인즉슨 이러했다.

시작은 그동안 쌓인 무림맹에 대한 불만이었다.

"거창하게 준비한 표마원은 강시 때문에 시작도 하기 전에 주저앉았고, 기껏 강시를 잡을 수 있는 만년한철을 구했지만 징작 강시에 대해서는 제대로 파악도 않은 채 무턱대고 강시 사냥에 나선 탓에 폭주 강시만 만들었소. 그 때문에 세상은 천년을 고고했던 우리 구대문파마저 싸잡아서 비난을 퍼붓고 있소. 그처럼 무림맹의 결정이란 것이 지금껏 무엇 하나 제대로 된 것이 없었다, 이 말이오!"

구대문파의 제자라는 것만으로도 영예이고 자부심이었던 그들에게 무림맹의 거듭된 실패는, 그로 인한 세상의 비난은, 정말이지 참기 힘든 치욕이었고 꾹꾹 눌러두어야 했던 울분이었다.

또한 그것은 일종의 위기감이기도 했다.

더 이상 구대문파의 이름이 무림의 역사 위에 찬란히 빛나지 않을지도 모른다. 천년 무문의 제자라는 것이 자부심이 아니라 창피함이 되고 그들이 앞으로 누려야 할 모든 영광이 지금의 오욕 속에 묻혀 사라져 버릴지도 모른다.

두려웠다.

거세지는 세상의 비난만큼 두려움은 커지고, 커지는 두려움만큼 불만도 쌓여 갔다.

그렇게 쌓여 가는 불만과 갈 곳 잃은 분노가 걷잡을 수 없이 커져 가던 그 무렵이었다. 괴수 내단의 효능이 알려졌다. 내단 하나면 적게는 오 년, 많게는 십 년의 내공을 얻을 수 있다고 했다.

무림이 들끓는 거야 당연했다. 그건 구대문파의 제자들이라고 다르지 않았다.

강해지고 싶은 것이야 무인의 지극히 당연한 본능이니까.

모든 무림인들이 그러했던 것처럼 그들 또한 흥분했고, 기대에 부풀었다.

오 년의 내공이라면 지금껏 펼치지 못했던 초식을 펼칠 수 있다. 십 년의 내공이라면 딱 한 치가 부족해 닿지 않았던 세계를 볼 수 있을지도 모른다.

그렇게 들떠 했고 환호했건만, 그런 그들에게 무림맹으로부터 청천벽력과도 같은 명이 전해졌다.

괴수 사냥 금지.

구대문파는 향후 다른 명이 있기 전까지 괴수 사냥을 금한다는 것이었다.

점창파 때문이었다. 정확히는 점창파가 무력을 앞세워 귀주 일대의 괴수를 독점하려 한 것이 문제가 되어 무림인들의 원성이 무림맹을 향했고, 폭주 강시의 일로 가뜩이나 세상의 비난을 한 몸에 받고 있던 무림맹으로서는 그 사나운 원성을 견디지 못하고 당분간 일체의 괴수 사냥을 금지한다는 중지를 모은 것이었다.

하지만 받아들일 수 없었다.

괴수 사냥 금지라니?

남들이 오 년, 십 년의 내공을 간단히 얻는 것을 그저 넋 놓고 지켜보란 말인가? 그렇게 뒤처지고 뒤처진 끝에는 대체 뭐가 남는다는 말인가? 존엄은 사라지고 그동안의 선망은 도전으로 바뀔 것이다. 이대로 정말 구대문파의 영광이 과거의 유물이 되어도 좋단 말인가?

결국 눌러두었던 그들의 분노가 구대문파 장문제자들의 친목 모임인 대정회에서 터졌다.

'무림맹의 잘못된 선택을 더는 따를 수 없다. 무림맹이 잘못된 선택을 한다면 우리라도 바로잡을 것이다. 그것이 구대문파를 위하는 길이며 앞으로의 구대문파를 책임질 우리가 마땅히 해야 할 일이다.'

총인원 스물두 명으로 이루어진 흑포단은 그렇게 만들어진 것이었다.

그렇게 흑포단을 만든 배경에 대해 설명하는 그들의 말은 진지하고도 당당했으며 일종의 울분마저 담겨 있었다.

하지만 루하는 코웃음을 쳤다.

"웃기고들 자빠졌네!"

물론 어느 정도 이해가 가는 면이 없지 않아 있긴 했다. 그들의 심정도 아예 이해 못 할 바는 아니다. 그러나 그래 봤자다.

"어른들의 판단이 잘못되었다느니, 구대문파의 영광이니, 미래니…… 말이야 그럴듯하게 포장들을 하신다만, 솔직히 그런 거 다 변명이잖아. 딱 까놓고 말해 그냥 괴수의 내단이 탐났던 것뿐 아냐? 무림맹의 결정에 괴수의 내단을 두 눈 뜨고 다 빼앗기게 생겼으니 억울해서 반기를 든 거 아니냐고."

"아니오! 그런 사사로운 욕심이 아니었소!"

"아니긴 개뿔! 구대문파의 영광을 생각한다는 사람들이 녹림도 흉내를 내? 만에 하나 흑포단이 구대문파의 제자들이었다는 것이 세상에 알려지면 영광을 되살리기는커녕 구대문파 역사에 다시없을 오점이 될 수도 있는데?"

이거야말로 어불성설이고 언어도단이 아니겠는가.

"애당초 당신네들한테는 대의명분 같은 건 있지도 않았던 거야. 주인 없는 내공에 눈이 벌게져서 무림맹이고 사문이고 간에 다 내팽개치고 탐욕을 부린 것뿐이라고. 그러니 어쭙잖게 잘난 척들 하지 말란 말이야. 아무리 변명하고 포장해도 힘들게 잡은 괴수의 내단을 억울하게 도둑질당한 사람들에게 당신들은 그저 쳐 죽일 놈의 도적놈들일 뿐이니까. 가소롭다 못해 아주 구역질이 난다고!"

루하의 독설은 거침이 없었다.

정말로 짜증이 났기 때문이다.

'구대문파란 것들은 어찌 된 게 애, 어른 할 것 없이 다들 이 모양 이 꼬라지인 거야?'

가뜩이나 구대문파에 대해 감정이 좋지 못한 터에 그 후계라는 것들마저 남 뒤통수치고 도둑질이나 하고 있으니 기가 막히다. 그래 놓고는 잘난 듯이 위선을 떨어 대는 꼴이라니.

아주 같잖지도 않다.

'이런 자들이 구대문파의 후계? 미래? 흥! 구대문파의 앞날이 참 밝겠네, 밝겠어. 아주 창창하겠구만.'

역시 고인 물은 썩기 마련인 모양이다.

'하긴, 천년을 고여 있었는데 안 썩는 게 오히려 이상하지.'

그렇게 루하의 거침없는 독설과 비아냥 섞인 눈빛에 모용승이 발끈했다.

"함부로 말하지 마시오! 당신이 뭘 안다고 함부로 우리를 판단한단 말이오? 우리가 흑포단을 만든 것은 절대로……."

하지만 루하는 그마저도 듣기 싫다는 듯 손을 내저었다.

"아, 됐고. 다음 회합이 언제지?"

"……?"

"대정회인가 뭔가 하는 거 말이야. 다음 회합이 언제냐고. 언제, 어디서 열려?"

"그걸 왜……?"

"나도 거길 가야겠으니까."

루하의 말에 여섯 명 모두가 놀란 눈을 하며 얼굴을 일그러뜨렸다. 불안하고 불쾌한 표정들이다. 하지만 루하는 아랑곳하지 않고 말을 이었다.

"거기서 당신들을 어떻게 할지 결정할 거야. 그러니까 단 한 명도 빠짐없이 나오게 해. 허튼수작 부릴 생각은 꿈에도 하지 말고. 그땐 전 무림이 흑포단의 정체를 알게 될 테니까. 그리고 이건……."

루하가 잠시 말을 끊고 손에 들고 있는 그들 여섯 명의 신패를 들어 보였다.

"이건 그날 회합장에서 돌려 드리도록 하지."

그들의 신패를 손에 쥐고 있는 이상 발뺌하고 모르쇠로 나오지는 못할 것이다.

그때 종남파의 진승이 사나운 눈빛으로 묻는다.

"우리를…… 대체 어찌할 셈이오?"

"글쎄…… 나도 모르겠는데? 난 아직도 지금 이 상황이 도무지 얼떨떨해서 말이야. 머리가 아주 뒤죽박죽 엉망이라고. 그래서 회합 때까지 당신들을 어떻게 할지 곰곰이 생각을 좀 해 볼 거야. 이 기막힌 사실을 그냥 나 혼자 알고 말지, 무림맹에 알릴지, 그도 아니면 만천하에 공개를 할 것인지……. 그러니까 그때까지 조용히 내 처분을 기다리고 있으라고."

*   *   *

"대체 어딜 갔다 오는 거니?"

루하가 다시 마풍객잔으로 돌아온 것은 어느덧 날이 어둑어둑해졌을 무렵이었다. 거의 하루 종일을 기약도 없이 기다린 터라 화가 났을 만도 하건만 설란의 얼굴에는 짜증이나 원망이 아니라 의문과 걱정만 있었다.

"아까 보니까 구대문파의 제자들도 같이 안 보이던데, 혹시 또 무슨 사고 친 거 아니지?"

"사고는 무슨, 내가 뭐 천날 만날 사고만 치는 사고뭉치냐? 이 멋진 서방님께선 말이지. 사고를 치고 온 게 아니라 월척을 건지고 왔다고."

"월척? 이 빗속에서 하루 종일 낚시라도 했다는 거야?"

"낚시? 낚시라면 낚시라고 할 수도 있네. 맞아! 낚시를 했어. 그것도 아주 대어를 낚았지. 아니, 대어 정도가 아니라 대어를 낚았더니 그 대어의 꼬리를 황금 잉어가 물고 있었다고나 할까?"

"그게 대체 무슨 말이야?"

설란이 이해가 안 된다는 듯 눈살을 찌푸린다. 그런 설란을 보며 루하가 의미심장한 표정을 하고는 입꼬리를 말아 올렸다.

"그런 게 있어. 지금은 몰라도 돼. 일단 이 황금 잉어를 어떻게 요리할지부터 생각 좀 해 보고. 아무리 좋은 재료라도 중요한 건 어떻게 요리를 하느냐인 거니까. 흐흐흐."

〈다음 권에 계속〉

ORIENTAL FANTASY STORY & ADVENTURE

이대성 신무협 장편소설

NAVER 웹소설 최고 인기 무협 『수라왕』
그 전대(前代)의 이야기!

'마왕'과의 계약으로 힘을 얻은 소년, 공손천기.
잔혹한 운명을 이겨 내기 위한 그의 행보가 펼쳐진다.

dream
books
드림북스

양인산 신무협 장편소설
ORIENTAL FANTASYSTORY & ADVENTURE

장인 전생

이름 없는 대장간 대장장이에서
천하제일의 명장이 되는 그 날까지.

보아라! 이것이 바로 진정한 명장(名匠)이다!

★
dream
books
드림북스

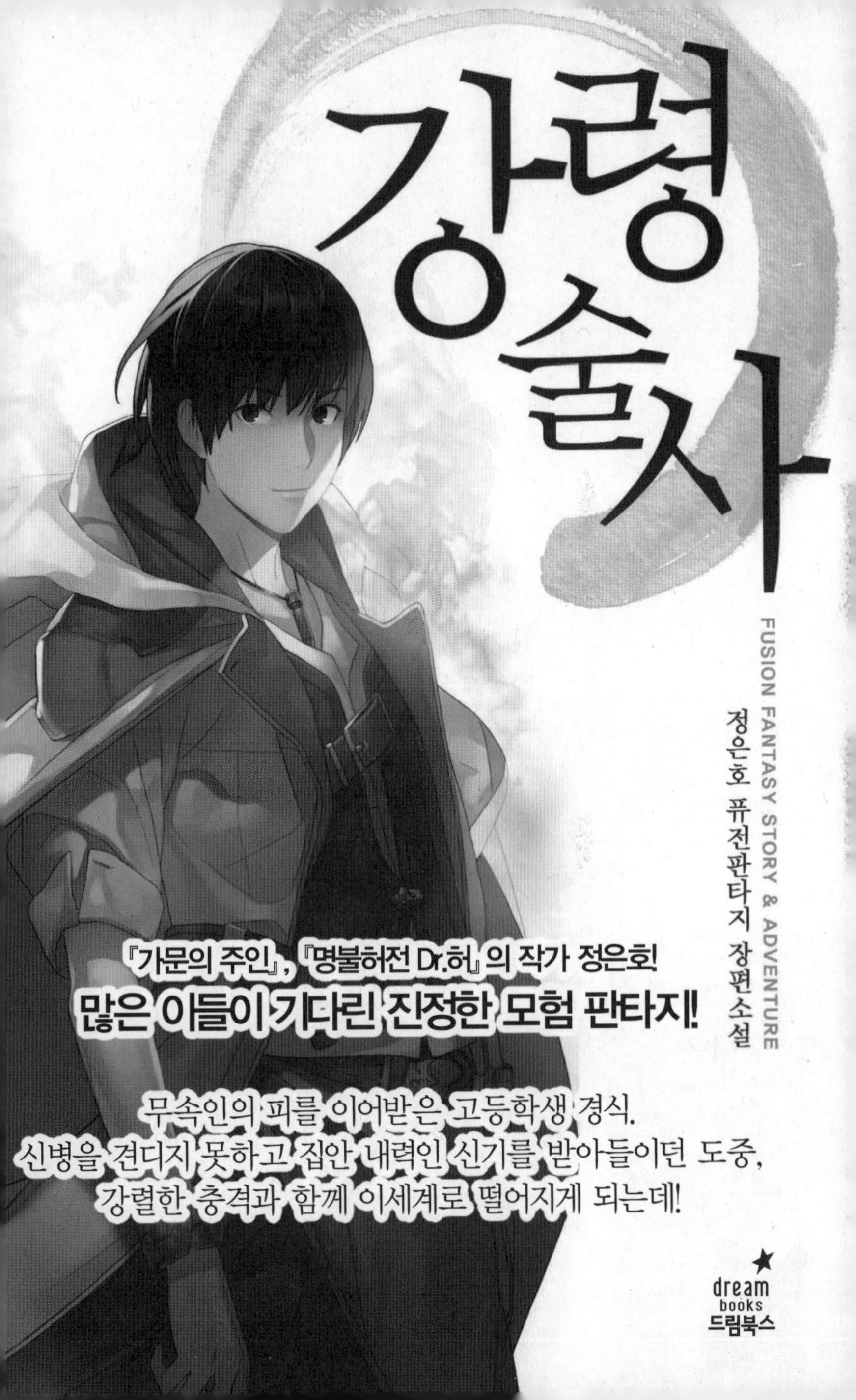

강령술사
FUSION FANTASY STORY & ADVENTURE
정은호 퓨전판타지 장편소설
『가문의 주인』, 『명불허전 Dr.허』의 작가 정은호!
많은 이들이 기다린 진정한 모험 판타지!
무속인의 피를 이어받은 고등학생 경식.
신병을 견디지 못하고 집안 내력인 신기를 받아들이던 도중,
강렬한 충격과 함께 이세계로 떨어지게 되는데!
dream books
드림북스

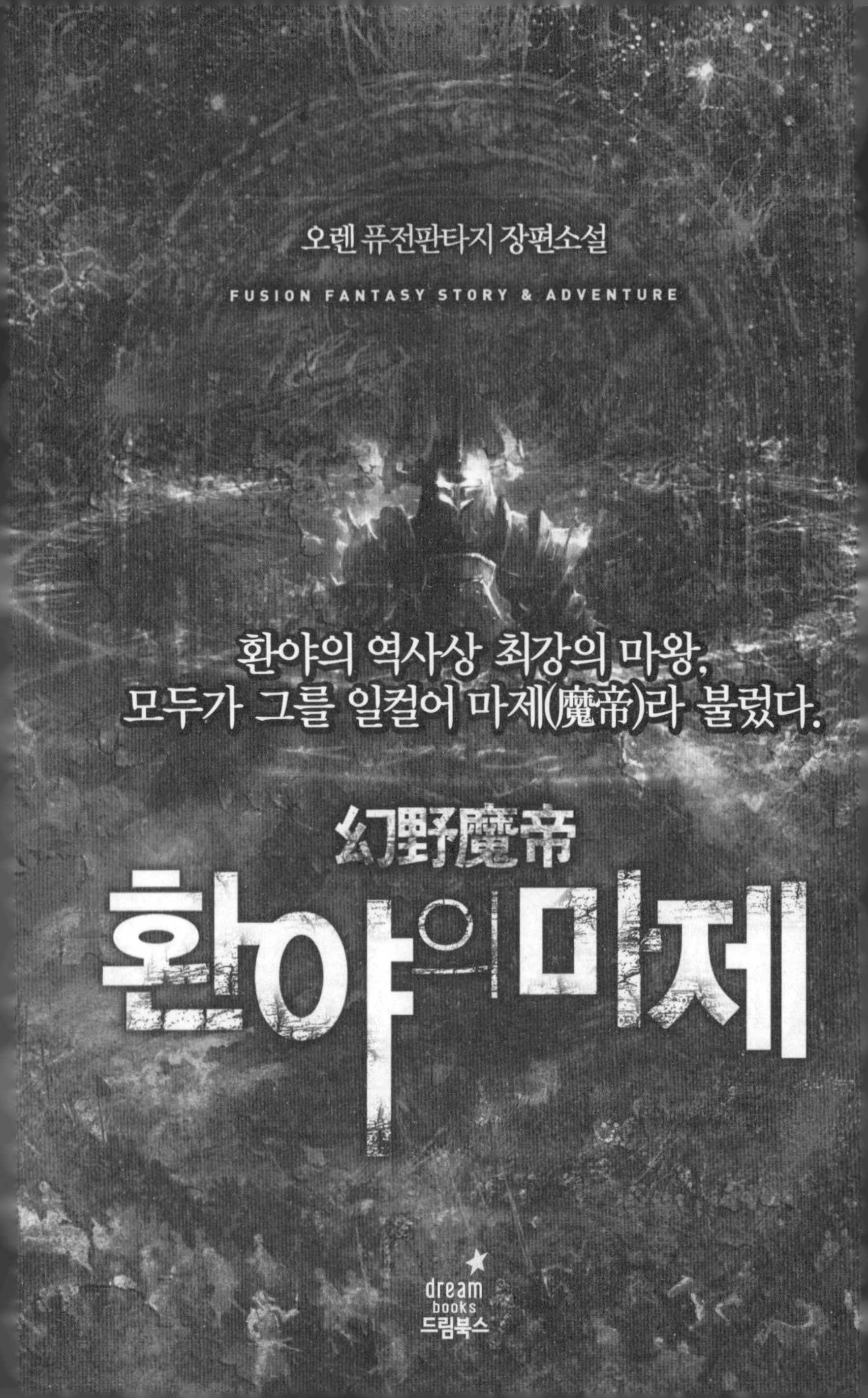
오렌 퓨전판타지 장편소설
FUSION FANTASY STORY & ADVENTURE
환야의 역사상 최강의 마왕,
모두가 그를 일컬어 마제(魔帝)라 불렀다.
幻野魔帝
환야의 마제
dream books
드림북스